KB231129

샌드 피버
SAND FEVER

샌드 피버 SAND FEVER

초판 1쇄 인쇄 2011년 08월 31일
초판 1쇄 발행 2011년 09월 04일

지은이 | 이원환
펴낸이 | 손형국
펴낸곳 | (주)에세이퍼블리싱
출판등록 | 2004. 12. 1(제315-2008-022호)
주소 | 서울특별시 강서구 방화3동 316-3번지 한국계량계측조합 102호
홈페이지 | www.book.co.kr
전화번호 | (02)3159-9638~40
팩스 | (02)3159-9637

ISBN 978-89-6023-664-6 03810

샌드 피버

에세이
작가 총서
390

SAND FEVER

서부 사하라 그리고
이라크 파병일기

글·사진 **이원환**

ESSAY

　나는 한국군 최초로 서부 사하라에서 UN 평화 유지군 활동을 했다. 그리고 10년이 지난 2005년 자이툰의 이름으로 이라크에 파병되었다. 두 번의 파병 기회를 통해 내가 느낀 이곳과 그곳의 차이, 새로운 것을 바라본 젊은 시절과 지금의 느낌, 그리고 남기고 싶은 기록들, 가슴속의 사진들을 정리했다.

　자유! 이 단어는 황량한 사막에서 희망을 갈구하는 사하라위라는 민족, 모로코 아틀라스 산맥에서 만난 베르베르 민족, 이라크 북부 나라 없는 비운의 쿠르드족, 바그다드에서 자살폭탄을 몸에 감싼 사다미스트, AQI, 그리고 이들을 제거하려는 미군, 영국군, 이탈리아군, 한국군 이 모두의 희망이다.

　이 눈치 저 핑계로 오랫동안 미루어온 작업을 짧고 치열하게 마무리했다. 그동안 기억 속에 모아 둔 이야기들을 어설픈 상식과 당시에 느낀 감상 위주로 적었다. 기행, 사진, 인문, 사회를 몽땅 섞어 산만하지만, 일단 이것으로 마무리하고자 한다. 이 책에 포함되지 않은 글과 사진들이 많이 남아 있지만 생각을 절제하지 않고 무한정 그 많은 것들을 정리하기에는 시간과 여건이 부족하고 불비하다. 워드, 그래픽 작업을 혼자서 다 감당하기에 어려움이 많았지만, 이 작업을 통해 또 다른 아이디어를 얻게 되었다. 나의 작은 일에 관심을 기울여준 사람들도 있어 감사했다. 세계적인 기업 GE사의 CEO 잭 웰치의 어머니는 아들의 말더듬을 보고 "너의 혀가 너의 명석한 머리를 따라가지 못하는구나!"라고 했다. 이 책의 부족한 부분은 계속 수정할 예정이다. 하지만 당장은 "나의 특이한 경험과 생각을 글과 그림이 따라가지 못했다."라고 변명한다.

2010년 겨울에 끝내다.

Ⅲ. 이라크, 쿠르드와의 인연

I

중동,
낯설지만
가까운
이웃

자이툰 병원을 찾은 여인

　자이툰 병원의 인기는 파병 기간 내내 대단했다. 심지어 진료를 받기 위해서는 지역에서 힘깨나 쓰는 유명인사의 도움을 받아야 한다는 이야기도 있었다. 병원에서 치안 기관, 지역 유지들에게 쿠폰 형태의 진료권을 일정량 발부해 주었는데, 이 진료권은 또다시 시장에서 암거래될 정도였다. 한국인 특유의 정성스러운 처방과 친절은 지역 주민들을 감동시켰다. 국내외 주요 인사들도 자이툰 병원의 명성을 듣고 자이툰 사단을 방문할 때면 반드시 둘러보곤 했다.

　이라크 술래이마니아 지역 PUK 보건부 장관으로부터 긴급도움 요청이 왔다. PUK 지역에 조류독감이 발생하여 닭고기를 먹은 30대 남성이 중태에 빠졌으니 뭔가 조치를 해달라는 것이다. 이라크 북부 현지인들은 자이툰 병원에 가면 모든 문제가 해결된다고 생각했다. 그래서 PUK 측에서는 환자를 자이툰 병원에 입원시켜 치료해 달라고 했다. 하지만 입원 후의 문제가 더 많을 것으로 판단되

어 자이툰 병원장의 협조를 받아 우선 PUK 연락관에게 50명 분량
의 조류독감 치료제 타미플루를 전달해 주었다. 다행히 1명만 사
망하고 더 이상 피해가 발생하지 않았다. 조류독감은 터키에서 시
작되어 이라크, 이집트로 퍼지더니 얼마 지나지 않아 곧 소강상태
가 되었고, 사망자가 발생한 지역의 두 발 달린 가금류 닭, 오리가
살처분되었다. 위성방송이 유럽 발 긴급뉴스로 조류독감의 확산을
예고했으나 사망한 이라크 현지인은 전날 어린 조카와 함께 생닭을
잡아먹었다고 했다. 이해되지 않는 부분들이 많았다. 조류독감이
유행할 수 있는 지역 가금류의 조류독감 가능성이 전파되었음에도
생닭을 잡아먹는 무지는 이라크 북쪽 구석진 곳에서 생활하는 쿠
르드족 삶의 현주소를 보여주는 것이다.

　이라크 북부 현지 주민들의 화장실은 대부분 재래식이다. 빼고,
손으로 닦고, 씻는 사이클은 그들 고유의 문화와 전통, 절차에 따라
이루어진다. 그래서 아랍인들은 왼손을 불결하게 취급하여 절대 왼
손으로 음식을 먹지 않을 뿐만 아니라 다른 사람의 손도 잡지 않는
다. 이러한 생활 방식에 익숙한 현지인들이 자이툰 병원의 좌변 식
화장실을 사용할 줄 모르는 것은 당연하다. 자이툰 병원에 취업한
현지인들의 말에 의하면, 산토끼처럼 좌변기를 올라타는 사람, 생
소한 흰색 타일을 더럽히지 않으려 바닥의 다른 구석에서 실례하
는 사람, 이외에도 기겁할 이야기들이 많다. 부시맨이 코카콜라 병
을 다양한 용도로 활용한 것처럼, 하얀 도자기 형태의 물건은 그들
의 상상력을 자극하고 체험을 유도했을 것이다. 물론 관료나 돈 많
은 상류층은 그들의 전통적인 화장실을 사용하지 않고 고급스런

장식이 달린 좌변기와 손 씻는 용기까지 구비된 화장실을 집집마다 설치해 놓고 산다. 이들의 화장실 문화는 이라크 북부 지역 빈부의 격차를 실감나게 해주는 사례다.

의사는 환자가 증상을 설명하면 이를 토대로 1차적으로 진료를 하고 거기에 적합한 의료 기구를 이용하여 확인하는 과정을 거친다. 외국어로 증상을 설명할 때, 예를 들어 환자가 '속이 쓰리다, 메스껍다, 울렁거린다, 환장하겠다, 찌릿하다' 등의 표현들을 하면 어떻게 이해하고 받아들일까? 차라리 '잘리다(cut), 먹다(eat), 맞다(be knocked), 토하다(throw up)' 정도는 그냥 살아 있는 단어로 하면 되니까 문제가 안 되지만, 예민한 감성의 표현들이 필요한 경우에는 어떻게 말하고 어떻게 받아들일까? 이것은 서부 사하라에 근무하면서부터 풀리지 않는 의문점이었다. 이런 언어의 정밀한 표현이 환자와 의사를 묶어 주는 주요한 수단일 텐데, 본토박이 영어가 아닐 경우 필요한 증상에 대한 처방은 현실적으로 100% 완벽할 수 없다. 언어의 장애가 없다 하더라도 100% 전달은 불가능하다. 이해할 수 있는 언어의 영역에 의사의 경험을 추가해서 처방하는 게 현지 진료다. 그럼에도 한국군의 의무 병과가 때만 되면 한국군의 주요 브랜드로 등장하여 공병과 함께 파병 1순위인 까닭은 무엇일까? 아마 외국인에 대한 한국인 고유의 친절하고 배려하는 마음씨, 환자가 가지고 있는 질병 이외의 것에 대한 각별한 관심, 환자의 치료를 작전으로 간주하는 우수한 의료진, 의료진의 확신적인 언행과 태도, 환자의 전적인 신뢰, 가난한 나라, 치료받기 어려운 여건에서 무상이라는 장점 등이 이유가 아닐까?

한번은 자이툰 병원에 지방 관료의 부인이 찾아왔다. 비만의 신체가 펑퍼짐한 옷차림, 짙은 화장, 애교스런 표정으로 충분히 감추어져 있는데도 고민거리가 있는 모양이다. 지방 관료의 부인 정도면 이라크 북부에서는 어느 정도 신교육을 받은 엘리트 계층에 속한다. 이 여자는 자신의 복부 비만에 대해 무척 고민하다가 드디어 자이툰 병원을 찾은 것이다. 성형이 전문인 자이툰 병원장은 이 여인의 고민거리를 해결해 주는 것이 민사작전의 범위가 아니라고 판단하여 "NO." 했다. 시간이 지나 나중에 들은 이야기인데, 고민을 거듭하던 그 부인은 여가를 이용해 유럽 지역으로 나가 블록 2장 정도 분량의 기름 덩어리, 곧 지방을 제거함으로써 신체 연령을 10년 정도 되돌려 받았다고 한다. 믿거나 말거나!

중동 지역 여성들은 10대 후반에서 20대까지 거의 인형 같다. 뇌쇄적인 눈망울, 짙은 속눈썹, 코, 입 하며 인형보다 더 아름다운 미모를 가졌다고 해도 과언이 아니다. 특히 쿠르드족 젊은 여성들의 미모는 특출하다. 일반적으로 우크라이나를 비롯한 옛날 소련의 위성국이었던 중앙아시아 일대 여자들의 미모가 세계적이라고 하는데, 쿠르드족도 그러한 영향권 내에 있다. 그러나 그러한 아름다움도 잠시일 뿐이다. 이들은 40대 정도의 연령만 되어도 비만에 피부 노화, 듬성듬성한 누런 이빨 하며 심한 조로(무老) 현상이 나타난다.

이들의 심한 비만에는 몇 가지 원인이 있다. 먼저 운동을 하지 않기 때문이다. 이슬람 여성들에게 운동은 코끼리가 복싱을 하는 것과 마찬가지다. 이런 환경에서 지방이 많은 음식을 먹으니 설상가

상 운동 결핍과 함께 비만이 비만을 낳는 꼴이 된다. 또 이슬람 여성들은 피임을 하지 않는다. 아르빌 외곽의 시골지역을 가다 보면 한 집에 웬 아이들이 그렇게 많은지! 일부다처제 때문이라기보다는 한 여성이 낳은 아이가 대체로 5명 이상이나 되기 때문이다. 출산이 아니라 생산이라고 표현할 정도다. 하기야 우리나라도 과거에는 '첫년이'부터 '끝년이'까지, 또는 '빨주노초파남보' 무지개 자매가 일반적이었을 때가 있었다.

이라크 쿠르드족 여성들은 아기를 낳고 산후조리가 끝나기도 전에 또 임신하는 과정을 반복한다. 그러다 보니 복부에 지방이 계속 누적되고, 팽창한 피부가 다시 수축할 시간이 없다는 것이다. 한 여성이 가지는 젊음과 아름다움은 그들의 인생 짧은 순간에 불과하지만, 세월을 붙잡아 보려는 복부비만 쿠르드 중년 여인의 안간힘이 덧없다.

花無十日紅 화무십일홍
꽃이 피어도 10일을 가지 않더라.

花開昨夜雨 화개작야우 花落今朝風 화락금조풍
어젯밤 비에 꽃이 피더니, 오늘 아침 바람에 꽃이 지누나.

베르베르와 사하라위 민족

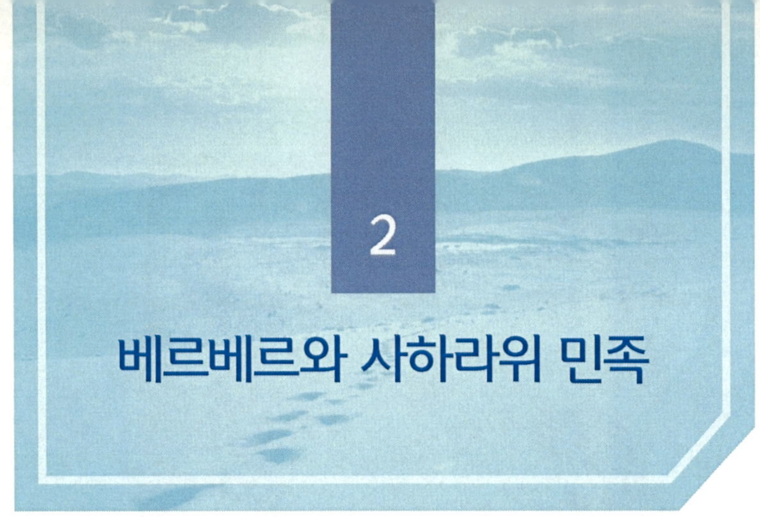

◀ 아틀라스 산맥에 살고 있는 베르베르족 남자들은 당나귀만 잘 기르면 된다. 여자들이 나무도 해오고 밥도 짓고 하니까.

▶ 사하라 사막 사하라위가 하염없이 사막을 바라보고 있다. 빼앗긴 사막과 잃어버린 자유는 돌아올 기약이 없다. 이제 그들에게는 잃어버린 자유보다 닥치는 모래바람이 더 큰 걱정거리다. 1995년

동질성을 기본으로 하는 민족이라는 불가사의한 정체성! 외국인이 바라보는 한국인의 외형적인 특징은 갈색 눈(brown eyes), 가는 눈꼬리, 직모, 황색 피부, 작은 키, 뭐 이 정도이겠으나 사람마다 주장하는 특징이 천차만별이다. 우리 한국인들은 태어날 때 어슴푸레한 푸른색 반점이 등짝에 크게 붙거나 등짝으로 가려던 반점이 골프 용어로 훅, 슬라이스가 나서 허벅지, 엉덩이에 척 달라붙은 경우

도 있다. 우리는 이런 정체불명의 몽고반점이 민족 고유의 특징이라고 알고 있다. 하지만 결코 독과점은 아니다. 어느 방송사가 안데스 산맥 지역을 탐구하는 다큐멘터리를 방영하면서 남미 지역에도 몽고반점이 있다는 것을 확인했다. 안데스 산맥 원시부락에서 태어난 갓난아기의 등짝에도 몽고반점이 있었다. 어떻게 우리 민족의 특성으로 알려져 있는 몽고반점이 환태평양의 기류를 타고 남아메리카 안데스 산맥의 구곡산천까지 날아간 것일까? 우리 민족의 홀씨가 강한 북서풍을 타고 안데스 산맥 골짜기의 원시부족을 돌고 돌아 인디언 여인의 내면에 음습한 기운으로 안착한 후, 흘러내린 수천 년 세월 속에 잉카는 전설로 사라지고 끈질긴 몽고반점만이 지금껏 희망이라는 이름으로 남은 것일까? 정반대로, 혹시 우리가 인디언의 후손인 것은 아닐까?

민족은 유전적 형질보다 함께 먹은 밥, 함께 날린 연, 함께 본 영화, 함께 느낀 기쁨과 슬픔으로 인해 형성된 동질성, 그로 인해 각자의 내면에 공통적으로 각인된 사회성의 공통분모를 함께하는 집단 혹은 무리라고 보는 것이 더 현실적이고 사실적이다. 비록 민족의 정의가 그러할지라도 21세기를 살아가는 우리는 다민족 국가의 문턱에서 지나치게 민족의 개념 정의에 사활을 건 반지구적, 반세계적 관점에 함몰되어 있지는 않은지 생각해 본다.

아프리카 모로코의 인종 구성은 대부분 아랍민족이다. 모로코가 합병한 서부 사하라에는 본래 사하라위라는 민족이 본토박이였는데, 모로코가 그들을 알제리 국경으로 몰아내고 그들의 영토를 차지했다. 서부 사하라 지역은 옛날부터 스페인, 알제리, 모로코가 계속 분쟁을 벌이다가 결국 모로코가 장악했다. 이때 토박이 사하라 위는 알제리로 쫓겨나면서 알제리 국경지역에 임시정부 형태인 폴리사리오(POLISARIO)라는 사하라위 해방기구를 만들었다. 이들은 지금도 고토(古土)회복을 위해 알제리를 등에 업고 모로코와의 분쟁을 계속하고 있다. UN은 분쟁 조정자로서 이 지역에서 PKO 활동을 하고 있다. 아직도 모로코 서부 사하라에는 많은 사하라위 민족이 모로코인으로 살고 있다. 모로코 해변을 따라 지중해에서 대서양으로 길게 연결되는 해안 곳곳에는 알지도 못하는 사하라위 종족들의 분파들이 흩어져 산다. 어떤 종족은 해안의 절벽지에 둥지 집을 짓고 대서양에서 우뭇가사리를 닮은 해초를 따서 시장에 내다 팔며 연명하기도 한다. 이들 모두는 사막에서 태어나 양떼를 몰다가, 혹은 해초를 따다가 늙어 저 세상으로 사라진다. 폐쇄된 세계에서 그들만의 전통을 지키며 잠시 이 세상을 들렀다가 가는 것이다.

　모로코 북쪽을 횡단하는 등줄기가 바로 아틀라스 산맥이다. 세계지도를 보면 아프리카 북쪽에 등뼈처럼 가늘게 표시되어 있다. 우연한 기회에 우리 일행은 아틀라스 산맥 아래서 무당벌레같이 생긴 프랑스 자동차 푸조를 렌트하여 아틀라스 산맥 고지대로 가는 좁은 도로를 따라 운전하게 되었다. 지상에서 열사의 사막을 느끼다가 산으로 오르면 오를수록 기온이 내려가고 눈도 덮여 있어 이국적일 뿐 아니라 아프리카 대륙의 장엄함까지 느낄 수 있었다. 산으로 오르면서 산속 깊숙이 옹기종기 붉은색 황토를 사각으로 잘라 벌집처럼 집을 짓고 살아가는 베르베르 민족을 만났다. 산속 이곳저곳에서 여자들이 열매를 따거나 나무를 짊어지고 분주하게 움직였다. 마을의 남자들은 누런 도포를 길게 늘여 입고 뒷짐을 지고 다니며 양지에서 햇볕을 쬐거나 일부는 축대를 보수한다고 당나귀에 흙을 싣고 있었다. 전통적으로 베르베르 민족은 여자들이 일을 하고 남자들은 여유롭게 집안일만 돌본다고 한다.

다양한 민족들이 세계 각지에 분포해 있다. 유럽 북부와 동부를 뒤흔든 바이킹, 슬라브, 게르만 민족이 있는가 하면, 중국의 한족과 이를 지배한 이민족 청나라, 민족의 문제가 기저에 깔려 싸우고 있는 이스라엘과 팔레스타인 민족, 중앙아시아 카자흐스탄, 우즈베키스탄 지역으로 강제 이주된 한족 등…. 모이고 흩어지고 다시 갈라지고 섞이는 영속적인 시간 속에 아직까지 민족만을 거창하게 내세우는 반문명적 기류가 인류의 진화를 방해하고 있다.

▲ 모로코 라윤에 살고 있는 사하라위 민족

아랍 세계의 물과 술

인간의 장수 비결 중 하나는 깨끗한 물과 맑은 공기다. 우리나라의 장수촌에서 채집한 물과 수돗물을 비교한 연구서 대부분은 장수촌 지역의 물은 미네랄이 풍부하고 알칼리성이라는 결과를 도출했다. 좋은 물과 나쁜 물을 구분하기는 어렵지만, 물이 인간의 장수에 영향을 끼치는 것은 확실하다. 중국에는 장서우촌(長壽村)이라는 마을이 있다고 한다. 이 마을의 한 쪽에는 몸에 좋은 광물질이 함유된 천연수가 나고 있는데, 마을 사람들은 평생 이 물을 먹고 살아 장수를 누린다. 공기도 마찬가지다. 현대인들은 나무에서 나오는 피톤치드(phytoncide)를 마시기 위해 삼림욕도 하고 산행도 한다. 피톤치드는 식물이 자신을 보호하기 위해, 즉 해충이나 곰팡이 등 해로운 물질에 대응하기 위해 내뿜거나 배출해 내는 항균성 물질이다. 엄격히 따지면 숲속의 산소는 식물에게 독소에 해당한다. 식물은 그들의 생명을 유지하기 위해 공기에 포함된 이산화탄소

만 흡수하고 몸속 독성인 산소를 뿜어낸다. 그러나 인간은 이와 반대로 식물이 뿜어낸 산소를 좋아라고 하며 마신다. 그래서 엄격히 따지면 인간은 식물의 독소를 마시는 꼴이다.

사하라 사막에도 소설이나 영화에 등장하는 오아시스가 있는데 영화처럼 드라마틱하지 않다. 신기루 현상도 보지 못했다. UN MINURSO 사령부에서 30분가량 차를 타고 달리면 나타나는 작은 마을 입구에 일명 '오아시스'가 있다. 족구장보다 조금 더 큰 물 웅덩이에 그리 맑지 않은 흐린 건천수가 사막 바람에 조금씩 파랑을 일으키며 흔들리고, 주변에는 야자수 몇 그루가 그늘을 드리우고 있다. 현지인 몇 명이 바가지로 물을 뜨기도 하는데, 사람이 먹으려고 뜨는 것이 아니라 가축들에게 먹이기 위해서다. 그리고 한 쪽 구석에는 별로 허기지지 않은 듯한 낙타 몇 마리가 긴 헛바닥으로 오아시스 물을 날름날름 훔친다.

모로코 라윤에서 남쪽으로 약 300㎞ 떨어진 남부 사령부에 초도 보급된 앰뷸런스를 이동시키기 위해 2박 3일 일정으로 대서양을 따라 길게 남으로 뻗은 좁은 아스팔트 도로를 따라가다 몇 개의 오아시스를 만난 적이 있다. 사하라 사막에서 유랑하는 사하라위 민족들이 수백 마리의 양떼들을 몰고 다니다 이곳 오아시스에서 잠시 텐트를 치고 머물면서 양들에게 물도 먹이고 여유도 가진다. 인간과 양들이 함께 먹는 오아시스의 물은 양들에게만 아주 맑은 물일 뿐 사하라위 민족에게는 생존을 위한 수단일 뿐이다.

라윤시에 있는 UN MINURSO 사령부 UN 요원들은 '시디 알리'라는 페트병에 담긴 깨끗한 물을 마신다. 현지인들은 이러한 UN 요원

들의 '시디 알리' 한 병 얻어 마시는 것을 큰 선물로 생각한다. UN
의 재정이 풍부한 것은 아니지만, 적어도 UN이라는 신분 덕택에 나
는 서부 사하라 오지에서 물 걱정 없이 보냈다. 현지인들이 손가락
의 엄지와 약지를 펴고 나머지는 주먹을 쥔 상태에서 마시는 시늉
을 하면 일반적으로 '시디 알리'라는 페트병에 담긴 물을 달라는 표
시다. 현지인들은 바닷물을 정수한 짠 내 나는 물을 마셨는데, UN
요원이 라윤 시에 들어오고 나서부터 이들 현지인들은 물이라고 다
같은 물이 아니라는 것을 알게 된 모양이다.

모로코 라윤 시에는 가정마다 물을 공급해 주는 나이 많은 아저
씨가 있다. 쪼글쪼글한 피부에 노랗게 거의 부식이 다 되어가는 이
빨, 물기를 머금은 눈동자. 그 아저씨는 자식이 많다. 부인도 세 명
인데 물장사를 해서 버는 돈으로 이들을 먹여 살린다고 한다. 대체
로 본인의 직업에 만족해하는 것 같은 이 아저씨가 공급하는 물은
바닷물을 정제한 것으로 하루에 서너 차례 대형트럭으로 공급받아
라윤 시를 돌면서 분배해 준다. 물의 농도가 생수 '시디 알리'와 달
라 도저히 식수로는 사용하기 어려워 UN 요원들은 이 물로 샤워나
세탁, 청소를 한다. 그렇지만 현지인들은 세상의 물이 모두 그런 줄
알고 마시고 씻는다.

중국 양쯔 강의 흐린 물에 살고 있는 개구리는 자신이 살고 있는
누런 물이 바다인 줄 알았다. 황하지와(黃河之蛙)는 이를 두고 일컫
는 말이다. 우물 안 개구리 정중지와(井中之蛙)가 황화지와를 찾아
와 세상의 바다가 어떤 것인지 장황하게 설명을 들었다. 어느 날 정
중지와는 진짜 바다를 만나 황화지와가 말한 그 바다인 줄 알고 첨

병 들어갔다가 염수에 수장되고 말았다고 한다. 지금도 황하지와는 자신이 살고 있는 누런 물이 그 넓고 넓은 바다로 알고 있다. 혹시 양쯔 강의 개구리가 바로 우리가 아닐까 하는 우스운 생각도 해 본다. 모로코 라윤 시 현지인들이 알고 있는 세상의 물은 혼탁하고 조금 짠 내 나는 것이다. 더 알게 되면 걱정과 불안만 쌓일 뿐, 혼탁하고 짠 내 나는 물 또한 그들의 세계고 생활이고 삶이다. 새로운 물에 나를 적응시키는 것은 고통스럽고 새로운 도전이다. 모르는 것이 정신건강에 오히려 좋을 수도 있지 않을까?

모로코 라윤에 있는 현지 세관에 가면 세관원들이 우리 같은 이방인들을 살짝 구석으로 데려가 주먹을 쥔 채 엄지와 약지 손가락을 펴고 마시는 시늉을 한다. 어른이 이러한 사인을 보내면 '시디 알리'라는 페트병에 담긴 생수를 달라는 표시가 아니라 술을 달라는 것이다. 친절하게 세관원은 손시늉의 차이점을 설명해 주면서 술이라도 한 병 없냐고 한다. 그들 나라의 공소시효가 지난 오래된 이야기지만, 친절한 세관원의 일탈한 모습에 조금은 놀랐다. 이슬람도 다 같은 이슬람이 아니다. 짝퉁 이슬람은 진품 이슬람 신도들의 고행을 비웃기라도 하듯 술도 마시고 세속적인 것을 호시탐탐 뒷골목에서 즐긴다. 술을 알게 되면서 더 세속적인 것이 더 즐거울 수 있다는 것을 깨우쳤을 것이다.

자이툰 장병들도 터키에서 공수되는 페트병에 담긴 깨끗한 물을 마셨다. 이라크 아르빌에서는 모로코의 서부 사하라와는 달리 어느 정도 중산층 이상 시민들은 페트병에 담긴 터키 산 베이수(BEYSU)라는 상표의 물을 많이 마신다. 또 아르빌은 현지 우물을 통해 지하수를 먹는 곳도 있고 일부는 수돗물을 마신다. 이라크 북쪽 산맥을 따라 형성된 만년설이 녹아 대 자브, 소 자브 강을 거쳐 티그리스, 유프라테스 강을 따라 남으로 흐른다. 이러한 풍부한 수량으로 이라크는 물이 부족하지 않은 나라다. 그렇지만 관개수로가 제대로 발달되어 있지 않아 마을 곳곳에 대형 물탱크를 설치하고 물 부족을 막기 위해 일부 마을에서는 심정을 새로 파기도 했다. 보이는 물이 지천에 깔려 있어도 인간의 장수를 보장해 줄 수 있는 물은 드물다. 1인당 국민소득이 2천 달러 정도인 이라크에서 페트병 한 개가 한화로 3백 원 정도 하니, 1인당 국민소득이 2만 달러에 다가서고 있는 한국의 물 값과 거의 비슷하다. 이는 석유보다 생수가 이라크에서는 더 귀하다는 것을 보여준다.

이슬람 율법은 사람을 취하게 하는 술을 마시지 못하도록 하고 있다. 쿠웨이트 공항은 검문검색이 까다롭다. 이슬람 국가답게 형식과 절차를 중요시하고 그들만의 기준을 철저하게 지킨다. J 상사는 오랜만에 휴가를 마치고 쿠웨이트 면세점에서 양주 로얄살루트 (Royal Salute) 21년산 한 병을 기념으로 샀다. 쿠웨이트 공항의 각종 게이트를 통과하는 순간 도끼눈의 세관원은 로얄살루트를 발견하자마자 J 상사로부터 잽싸게 빼앗아 구석에 있는 대형 항아리에서 깨어 버렸다. 즉결처분! 명 가문 태생의 로얄살루트는 쿠웨이트 공항에서 즉사했다. 아랍국가의 압류 방법은 정말 간단했다. 술은 인간을 원숭이, 돼지, 사자로 변신시킨다는 탈무드의 경구가 무색하게 유대교와 많은 점이 다른 이슬람 세계에서도 술은 인간을 타락시키는 것으로 금기시하고 있다. 자이툰 사단의 경우 영내에서 음

주는 허가된 경우에만 가능하며 장병들이 자제할 수 있도록 일인
당 마실 수 있는 양도 엄격하게 규정으로 정해 놓았다. 파병기간은
절주, 단주한 가운데 운동을 열심히 할 수 있는 좋은 기회였다.

▲ 모로코 서부 사하라 라윤 지역에서
지역 주민들에게
물을 공급하는 물차

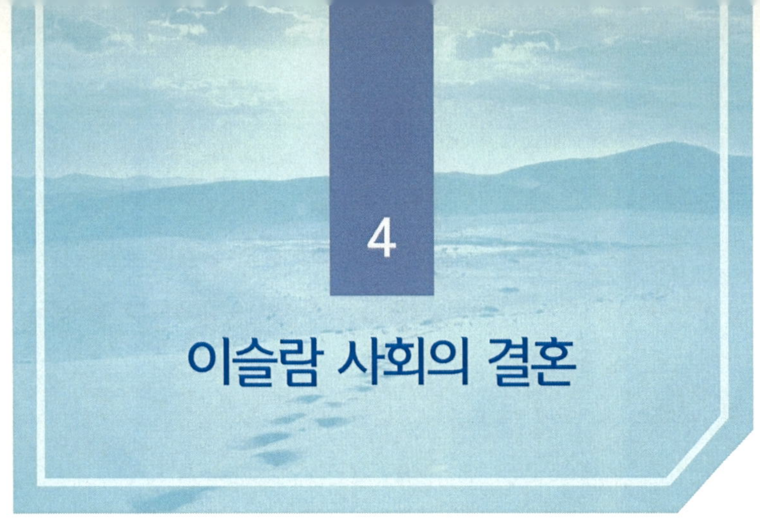

이슬람 사회의 결혼

근친혼에 대한 위험성이나 윤리성은 많은 문헌과 연구 결과를 통해 잘 알려져 있다. 프로이드는 그의 저서 『토템과 금기』에서 인간의 근친혼은 정신분석학적으로 해석하기 어려운 과제이기 때문에 논리적, 과학적인 분석보다 원시 사례를 중심으로 얻어낸 결론에 많이 의존했다고 한다. 그는 근친혼을 터부시하는 인간의 오래된 생활태도를 어떤 유전적 특성으로 설명하기 어려운 불가사

의한 정체성으로 보았다. 토테미즘에 바탕을 둔 씨족사회는 '회피(avoidance)'라는 족외혼(族外婚)을 통해 성(性)적인 질서와 사회성, 계층을 유지할 수 있다고 생각했으며, 이러한 인간의 습성이 시간이 지나면서 기억에 응고되어 가치체계, 사회체계가 되었다고 보았다. 프로이드가 취급한 근친혼은 근접한 혈족 간의 관계, 즉 아버지와 딸, 어머니와 아들, 장모와 사위 등, 이런 유형의 기피해야 할 관계에 관한 연구이지만, 사촌간의 터부가 기피의 대상인지 불명확하다. 결론적으로 프로이드는 근친혼이 복잡한 과정을 거쳐 이루어진 민족심리학, 문화인류학의 과제가 아니라 인간의 사회적 관습에 의해 결정되었다고 본 것이다.

쿠르드 지방정부의 대통령 마수드 바르자니는 총리인 네체르반 바르자니의 장인이자 삼촌이다. 즉 총리 부인이 대통령의 딸이며 총리의 사촌 여동생이다. 문명교육을 제대로 받은 고급 엘리트들의 근친혼은, 이들이 오랜 역사를 통해 신뢰할 수 있는 것은 오직 혈족·씨족 관계밖에 없다는 것을 경험을 통해 체득하고 이것이 결혼문화에 직간접적으로 영향을 미침으로써 이루어진 것이다. 사담 후세인도 이라크의 중심을 관통하는 티그리스 강 주변의 도시 티그리트 지역에서 출생하여 일찍이 부모를 여의고 그의 삼촌 아래서 성장했다. 후세인은 이라크 정계에서 어느 정도 주류 사회에 진입하여 권력을 장악하게 되자 그를 길러준 삼촌의 딸, 즉 그의 사촌 여동생과 결혼하게 된다. 이렇게 사촌간의 결혼은 이라크 내 일반적인 현상이다. 여아(女兒)는 성장하면서 그녀의 사촌 오빠가 향후 남편이 되고, 남아(男兒)는 그의 사촌 여동생이 부인이 된다는 기정사실 하에 그들은 성장한다. 사촌과 결혼하지 않겠다며 검은 차도르를 벗어 던진 중동의 젊은 여인이 기사화된 적이 있었다. 하지만 전쟁을 통한 부족의 보호, 자손의 유지, 부족 구성원에 대한 생계의 책임, 배신과 신뢰의 경험 등에 의해 형성된 오래된 근친혼은 이슬람의 상징성 있는 문화라고 확언할 수는 없지만, 이 사회에서 충분히 이해되고 인정하는 분위기였다.

우리가 알고 있는 근친혼의 제한성은 유전적, 생물학적 견해, 현행법에 명시된 8촌 이내의 결혼 금지 등 다양하다. 민법으로는 8촌 이내 혼인은 무효, 8촌을 벗어나는 혈족관계일 경우 혼인이 가능하다. 어느 국내 일간지가 『뉴욕타임스』를 인용하여 보도한 재미있는 기사를 보면 우리의 상식이 얼마나 경험적이고 득문(得聞)에 의존하는지 느낄 수 있다. "사촌 사이에서 태어난 자녀가 장애를 가지고 태어날 확률은 3~4%로서 통상적인 신생아 장애 확률인 1.7~2.8%보다 조금 더 높은 수준에 불과하다."라고 그 기사는 전하고 있다. 쿠르드 지역에서는 병원을 찾는 언청이 환자가 많았는데, 당시 우리끼리 근친혼의 영향이라고 말들 했지만 과학적인 근거가 있었던 것은 아니다. 다시 되짚어 보면 쿠르드 사회에 언청이 환자가 많아서 병원을 찾은 인원이 많았던 것이 아니라, 병원의 혜택을 잘 받지 못했던 쿠르드 지역 내 언청이 환자들이 자이툰 병원이 새로 생겼기 때문에 진료를 받기 위해 몰려들었을 가능성이 높다. 어설픈 상식의 오류에서 벗어났어야 했는데 아쉽다. 오랜 기간 형성된 사촌 간 유전자의 결합이 더욱 똘똘한 우성인자를 형성할 수도 있다. 이것은 과학이 증명하지 않는 한 아무도 모를 일이다.

다음으로 흥미로운 이슬람 사회의 결혼문화는 일부다처제다. 일부다처제는 이슬람 국가의 경우 법률로 4명의 부인까지 허용하고 있다. 새로운 부인은 기존의 부인들로부터 허락을 받아야 한 가족이 될 수 있다. 이런 독특한 문화는 과거에 전쟁에서 남자들이 많이 죽었기 때문에, 남아 있는 전쟁미망인의 생계를 위해 같은 부족끼리 어렵고 불쌍한 여성을 거두어 주는 전통에서 비롯되었다. 우리나라 고조선 시대 형사취수제(兄死娶嫂制)도 마찬가지로 이러한 형태의 문화다. 형이 죽으면 동생이 불쌍한 형수를 가족으로 데리고 산다는 이야기. 말을 타고 싸우던 시대와 환경에서 통했던 이런 혼인 문화가 지금도 고유문화처럼 인식되고 있는 것이다.

쿠르드 자치정부 페쉬메르가 장관은 일흔을 넘긴 할아버지다. 페쉬메르가 장관은 거친 산과 들에서 평생을 살아왔다. 그는 비록 노년이지만 그 위용과 추상같은 기상으로 죽음의 전사들을 지휘하고 있다. 이 노익장에게는 4명의 부인이 있다. 쿠르드족도 이슬람 율법과 개인의 능력에 따라 4명까지는 부인을 둘 수 있기 때문에 페쉬메르가 장관의 일부다처제는 적법하다. 그런데 문제는 2006년 쿠르드 자치정부 지역신문에 "늙은 페쉬메르가 장관이 대학생을 다섯 번째 부인으로 들여 여성단체에서 반발하고 있다."는 기사가 보도되었다. 여기에 추가해서 살라하딘 대학교에 다니는 페쉬메르가 장관의 다섯 번째 부인인 20대 여성은 70대의 페쉬메르가 장관을 진심으로 사랑한다고 말했다고 한다. 지역 여성단체를 중심으로 여론이 악화되어 갔으며, 쿠르드 자치정부가 장관을 경질할 것인가에 세목의 관심이 집중되었다. 그러나 언론보도 이후에도 페쉬메르가 장관은 계속 장관직을 유지했고, 다섯 번째 부인의 소식은 더 이상 기사화되지 않았다.

모로코 서부 사하라에서는 여자 1명을 얻기 위해 낙타 4마리를 신부 집으로 끌고 가 신부의 부모님께 바치고 여자를 자신의 집으로 데리고 온다. 당시 낙타 1마리가 우리나라 화폐로 약 50만 원 정도 했으니 여자 한 명에 200만 원 정도. 보통 남자들의 월급이 월 1~2만 원 정도였으므로 200개월 꼬박 모아도 장가가기 어려운 것이 1995년 모로코의 모습이었다. 일부다처제가 마치 시장에서 풍족하게 여성을 살 수 있는 것처럼 오해될 수도 있으나, 현대적 의미의 일부다처제는 후진국에서 경제적으로 풍족한 사람들에게 적용되는 용어다. 실제 아랍 권에서 일부다처제로 생활하는 사람은 5%에 지나지 않는다는 통계도 있다.

시대가 변하고 중동의 여성에 대한 인식과 그들의 가치관도 많이 변했다. 결혼 이전의 프로세스인 연애, 사랑이 이슬람 세계에서는 어떻게 이루어질까? 연애는 만고의 진리다. 친족도 국가도, 민족도 돈도, 그리고 권력도 막지 못하는 인간의 불타는 감정이다. 비록 그들의 연애가 희극이 될지 비극이 될지 아무도 모르지만, 태우는 연정 이것만으로도 이슬람 세계에서는 아직까지 도전이 분명하다.

가난한 나라 청년들의 삶

　2010년 케이블 TV에서 시청률이 이렇게 높은 것은 이례적이라고 한 m.net의 '슈퍼스타 K2' 프로는 허 각, 존 박, 장재인, 이들 세 명이 남게 될 때까지 노래 실력은 이미 가늠하기 어려운 지경이었고 파이널을 남기고 있었다. 최고의 인물들만 모은 결승 고지의 문턱에 이들은 우뚝 서 있었다. 수준급의 가창력, 끼, 기질을 뚫어지게 바라보고 있는 시청자들은 그들에 대해 타고난 선천성보다 밑에서부터 출발한 그들의 노력을 높이 평가했다. 노래의 세계에서 실력으로 인정받은 출중한 인물들이다. 물론 2억 원의 상금도 젊은이들에게 도전의 메리트를 부여했겠지만. 여기에 또 한 가지 놓치지 말아야 할 관전 포인트로서 전문적이고 노련한 심사위원들의 감히 시비를 걸 수 없는 객관적인 태도가 이 프로를 더욱 빛나게 했다. 한국의 청년들에게는 이런 도전의 기회, 능력을 연마할 수 있는 기회, 객관적인 평가를 받을 수 있는 기회가 있다. 이것은 대한민국 젊은이들이 누릴 수 있는 특권이다.

서부 사하라 라윤은 바닷가에 형성된 작은 도시다. 이곳 해안가 부두에는 수십 척의 고기잡이배들이 모여 있다. 그 배들은 한 쪽에서 꽁치를 쓸어 담아 얼음과 함께 콘크리트 타설하듯이 섞고, 한 쪽에서는 그물을 끌어 당겨 꽁치를 플라스틱 박스에 담아 육지로 옮긴다. 그 와중에 또 한 쪽에는 버젓이 자리를 펴고 알라신께 계속 절을 하며 궁시렁 궁시렁 주문을 외고 있는 사람도 있다. 뱃고동, 꽁치, 얼음, 기도가 섞여 있는 모로코 라윤 항구의 모습은 가난한 나라에서 고기잡이에 모든 것을 바치고 살아가는 평범한 사람들의 일상을 고스란히 보여준다. 이들 중 많은 이들이 가난을 벗어 던지기 위해 맨 몸으로 바닷가로 나간 모로코 젊은이들이다.

모처럼 휴일을 맞아 우리 일행은 창고 구석에서 발견한 낚싯줄과 낚시 바늘을 주섬주섬 챙겨 항구로 향했다. 항구에 도착하여 바닷물이 흥건한 바닥에 흘린 어물 내장과 꽁치 한 마리를 주워 커터 칼로 살집을 벤 뒤 바늘에 꿰어 인적 드문 방파제 한쪽에서 바다로 힘차게 던졌다. 그러자 금세 고등어, 학꽁치, 오징어 들이 썩은 꽁치

살점을 향해 무섭게 달려들었다. 이즈음 항구 주변을 빈둥거리던 이곳 젊은이들이 동방의 별스럽게 생긴 인종들의 이동을 유심히 관찰하며 친근감을 표시했다.

"시가렛!"

내 이럴 줄 알고 피지도 않는 담배를 가지고 나왔다. 한 개비를 주자 오랜 친구처럼 즐거운 표정으로 계속 따라다닌다. 옛날 6.25 전쟁 후 미군이 우리나라에 주둔하고 있을 때 우리나라 어린이들이 미군들에게 "츄잉! 츄잉!" 했다는 힘들었던 시기의 이야기처럼 이들도 "시가렛!"을 외치며 한국군을 졸졸 따라다닌다. 한참 낚시를 하는데 낚싯줄 끝이 방파제 블록에 걸린 모양이다. 아무리 당겨도 올라오지 않자 갑자기 옆에서 구경하던 모로코 청년이 웃통을 벗어 던지고 물속으로 첨벙 뛰어든다. 녀석은 깊은 잠수를 몇 번 하더니 문어를 꿴 낚시 바늘을 잡고 올라왔다. 다시 바늘을 나에게 건네주고 뭔가를 기대하는 표정으로 내 옆에 더욱 가까이 앉는다. 당연히 그들이 좋아하는 '시가렛'을 주지 않을 수 없다. 시키지도 않았지만 이렇게 하릴없이 시간을 보내야만 하는 모로코의 젊은이들. 그러다 저녁이 되면 이들은 라윤 시내 공원에서 맨발로 밤새도록 축구를 한다.

어렵사리 주선하여 서부 사하라 사막 바람을 등지고 오랜만에 현지인들과 축구를 했다. 건조한 먼지를 마시며 신나게 전 후반을 뛰고 헤어지려는데, 골대 한 쪽 구석에 가지런히 모아둔 한국군 UN 모자와 선글라스가 보이질 않는다. UN 표식의 모자와 선글라스가 통째로 없어진 것이다. 주변에서 구경하던 젊은이들에게 물어보았지만 대답이 없다. 그러자 현장 근처에 있던 모로코 경찰이 구경꾼들에게 축구를 함께한 현지 젊은이, 관중 몇 명의 이름을 받아 적은 뒤 사라졌다. 뒤늦게 우리는 경찰이 이 문제에 관여토록 한 것을 엄청나게 후회했다. 알고 보니 경찰은 축구를 한 몇 명의 젊은이들을 소위 그들의 조사실로 데려가서 심한 구타로 진술을 받은 후 다시 용의선상을 압축하여 몇 명을 그들만의 방식(?)으로 추려내어 자백을 받아낸 것이다. 절도죄가 적용되어 모자와 선글라스를 훔친 현지인 청년 몇 명이 재판까지 가게 되었다. 경찰의 구타와 가혹 행위는 문제가 되질 않는 모양이다. 하여튼 우리는 경찰에게 없던 일로 하겠으며 젊은 청년들의 처벌을 원하지 않는다며 사태를 진정시키려 했지만, UN을 상대로 한 범죄로 규정하고 경찰들은 물 만난 고기처럼 의기양양하게, 즐기듯이 사건을 처리했다. 마치 그동안 사건이 없어 무료했다는 듯. 그 젊은이들에게 미안한 마음을 지금도 지울 수 없다.

'마르께쉬'는 '시장'이라는 뜻으로 영어 '마켓'의 프랑스 식 발음이다. 오랜만에 한국군 몇 명이 모여 모로코의 유명한 마르께쉬에 가 보았다. 갑자기 젊은이 한 명이 자전거를 타고 와 친절하게 안내해 주겠다고 한다. 인류 최초의 종이 파피루스를 사고 싶다고 하자, 녀석은 잽싸게 진로를 요리조리 틀면서 안내를 시작했다. 복잡한 거리의 사람들을 좌우로 물리치면서…. 뭔가 낌새가 이상했지만 친절은 세계 어느 나라든 미덕이라는 생각에 우리는 열심히 따라다녔다. 파피루스를 파는 가게에서 "꽁비앙?" 하고 얼마인지 묻자, 주인은 계산기 대신 "얼마에 살 것이냐?"며 나에게 "꽁비앙?"하고 되묻는다. 이게 모로코 식 상거래인가? 갑자기 고민스럽다. 동료들이 한 장에 10디람, 약 만 원에 구입했으니 8디람 정도를 부르자 "오케이!" 하며 바로 건네주었다. 만약 내가 5디람이라고 했다면 그 주인은 어떤 반응을 보였을까? 나중에 알았지만 동료들 중에는 3디람에 한 장을 구입한 사람도 있었다. 이상한 나라의 이상한 거래다.

친절한 젊은이의 가이드를 잘 받고 헤어질 무렵 녀석은 가이드 비용을 달라고 손을 내밀었다. "우리가 너에게 가이드를 요구하지도 않았는데 네가 먼저 앞에서 가이드를 자청해서 하지 않았느냐?" 라고 하자, 그 녀석은 막무가내로 돈을 요구했다. 참 희한한 시장이지만 이렇게 살아가는 젊은이가 마르께쉬에 너무 많았다. 아프리카 최빈국 중 하나인 모로코의 현주소를 느끼게 한 작은 경험이었다.

얼마 전 이어령 교수가 중앙박물관에서 휴일 인문학 교양강좌를 하기에 우연히 들러 강의를 들었다. 그는 한국 청소년들의 '빈 둥지 이론'을 이야기하면서, 우리 민속 동요 "♬아버지는 나귀타고 장에 가시고 어머니는 건너 마을 아저씨 댁에. 고추 먹고 맴맴…♪" 이라는 가사가 내포하는 의미에 대해 설명했다. "왜 하필 어머니는 건너 마을 아저씨 댁이냐? 뭐 하러 갔어? 그래서 집에 남겨진 애들이 비행 청소년이 되는 것이 아니냐?"라는 노 교수의 유머와 빈 둥지 이론이 재미있었다. 오늘날 한국의 청소년들은 놀 수 있는 환경이 잘 조성되어 있어 부모의 관심이 부족하면 탈선도 하고 '고추 먹고 맴맴'도 한다는 것이 빈 둥지 이론의 핵심이다. 이 시간에도 한 끼의 식사를 해결하기 위해 아프리카 오지에서 채광을 하는 젊은이, 담배 한 개비를 위해 바다에 몸을 던지던 젊은이, 엄청난 구타를 현실로 받아들이던 모로코 청년. 대한민국 젊은이의 삶이 각자의 환경에 따라 다르겠지만 방관으로 인해 방탕하지 않도록 해야 하는 것은 어른의 몫이다.

6

중동 사람들의 인사

  서양 사람들이 서로 인사할 때 친근하게 포옹하며 볼을 비비려 얼굴을 서로 교차시키는 경우가 있다. 처음 서부 사하라에서 만난 외국인들이 그렇게 인사할 때 굉장히 어색해서, 나름대로 다음에 할 때는 어떻게 할까 연구를 했다. 나의 볼기짝을 상대편의 왼쪽으로 접근해야 하는지 오른쪽으로 접근해야 하는지 유심히 다른 사람들의 행동을 관찰해 보니 대체로 왼쪽을 들어갔다. 나중에 알았지만 오른쪽, 왼쪽 구분 없이 자연스럽게 빈 공간으로 들어가면 되는 것이 정답이었다.

  아르빌 시내를 자이툰 용사들이 지나가면 시내가 떠들썩하다. 곳곳에서 손을 흔들고 열광하는 시민들. 이들의 모습을 보면 자이툰에 근무하는 보람을 느낀다. 중무장한 투구와 갑옷, 시선을 숨긴 선글라스로 인해 감정을 표현하기 어려웠지만, 이들의 호의는 그동안 자이툰 사단의 훌륭한 민사작전이 성공적이었다는 것을 반증해 주기도 하는 것이다. 자이툰 사단이 아르빌 공항 인접 지역에 자리 잡기 이전 미군부대가 먼저 주둔하여 민사작전을 펼쳤다. 그런데 이들 미군은 쿠르드족의 표현을 빌리자면 무미건조한 감정과 사무적인 표현으로 점령군의 느낌을 극복하지 못했다고 한다. 그래서 쿠르드 지도자들은 한국군을 만나면 아르빌에 주둔했던 미군에 대해 한 번씩 "미군이 아르빌을 위해 한 것은 아무것도 없다."라며 강하게 비난했다. 이러한 배경 때문인지 중무장한 자이툰 용사들이 아르빌 시내를 지날 때면 일부 현지인들은 자신의 손바닥을 이용하여 머리의 정수리 부분을 마구 친다. 처음에는 그런 행동이 욕인지 아니면 자신들끼리 주고받는 사인(sign)인지 몰라 궁금했는데, 알고 보니 매우 반갑다는 표시란다. 중동 사람들은 반가운 표시로 악수를 하고, 조금 더 반가우면 악수한 손을 가슴에 가볍게 올린다. 이게 두 번째 반갑다는 표시다. 그 다음 정말 고맙고 반갑다는 의미는 머리를 친다는 것이다. 보기 드문 광경이지만 실제 이러한 모습을 아르빌 시내에서 보게 되면 이라크 쿠르드족들의 진심 어린 마음을 확신하게 된다.

한국 이슬람학회 자료인 이승택이 쓴 '아랍 이슬람의 인사법'을 보면, ① 악수는 깨끗한 오른손으로 하는 것이 원칙이며 악수로 인사할 때 유의할 점은 첫째, 여성과 악수할 때 남성이 먼저 손을 내밀지 않는다는 것이고, 악수를 청했을 때 여성이 손을 내밀지 않아도 실례가 아니라는 것이다. 둘째, 나이가 적은 사람이 연장자에게 먼저 악수를 청한다. 이런 행동이 우리나라에서는 버릇없는 태도겠지만 존경을 표하는 태도이기에 연장자가 먼저 손을 내미는 경우는 드물다. ② 포옹은 보통 가까운 집안 식구나 친척, 친구 간에 하는 인사로 먼저 머리를 오른쪽부터 시작해 왼쪽으로 서로 어긋나게 하는 인사법이다. 이 포옹은 여러 사람 앞에서 하기 때문에 가족이 아닌 남녀 간에는 하지 않는 것을 원칙으로 한다. ③ 오른손을 들어 인사하는 방법이 있는데 이 인사법은 멀리 있는 사람에게 손바닥을 상대방이 보도록 앞으로 하고, 보통 머리 높이까지 들어서 인사를 하는 방법이다. 이런 인사는 말을 타고 지나가거나, 앉아 있을 때 지나가는 사람에게도 할 수 있다. ④ 가슴에 손을 얹어 하는 인사는 오른손을 가슴 가운데 댄 상태에서 상대방에게 존경을 표시하는 인사 방법이다. 이 인사를 한 뒤에 연소자가 연장자에게 손을 내밀어 악수를 청하고 다른 인사말을 주고받을 수 있다고 하였다. 인사를 하는 방법은 문화와 관습에 따라 다르지만 그 표현하고자 하는 마음은 종교, 인종을 넘어 똑 같다.

7

더운 나라 돼지의 의미

사르르 하면서 견디기 힘든 물렁한 느낌이 복부에 배이기 시작하더니 어제 먹은 삼겹살 덕분에 병원에서 링거를 맞으며 4시간 동안 누워 있어야 했다. 다행히도 곧 회복되었다. 이렇게 파병 한 달 이내에 돼지고기로 인해 병원을 찾는 구전된 불문율은 나에게도 예외 없이 찾아왔다. 병원 입원 전날 저녁 한국인이 운영하는 식당에 모여 냉동 삼겹살을 먹었다. 이라크 북부 지역에서 돼지고기를 먹는 것은 서울 시내에서 웃통 벗고 달리기를 하는 것과 같다. 돼지고기가 먹고 싶으면 울타리 안 한국인이 운영하는 식당에 가서 우리끼리 사먹는다. 돼지고기의 대부분은 이스라엘에서 공수해 온다고 하는데 수요가 있어야 공급이 있는 법. 수요란 기껏 이라크 북부 아르빌 자이툰의 자이투니아(Zaytunia) 정도에 불과하다.

이슬람 국가에서 돼지는 천박하고 지저분한 동물이기 때문에 가까이 하지 않을 뿐만 아니라 고기로 먹는 일이 금기시되어 있다. 이슬람 인들이 그토록 더럽게 취급하는 돼지고기를 양껏 신나게 먹었으니 당연히 배탈이 날 수밖에. 서울의 어느 맛좋은 삼겹살 가게 정도로 생각하고 동료들과 맛있게 먹었다. 냉동고기라서 그런지 한국에서 느꼈던 입에서 씹히는 질감과 목젖을 스치는 기름지고 매끄러운 느낌은 없었지만, 지글지글 소리 내며 노릇해진 삼겹살 한 조각을 넓은 푸성귀에 싸먹으면서 집 떠난 역마살 낀 사내들끼리 향수를 달랬다. 한국에서 반주로 먹는 소주가 곁들여지지 않은 탓인지, 아니면 너무 성급하게 덜 익은 채 먹었기 때문인지, 다음날 많은 사람들의 예언과 기대를 저버리지 않고 어김없이 한 달이 되기전 나는 병원에 누웠다. 이렇게 단단히 신고식을 치르고 난 뒤 얼마 지나지 않아 또 삼겹살을 먹었지만, 이때는 그간의 저항력으로 형성된 면역 체계 덕분에 돼지고기의 독성이 아슬아슬하게 내장 속에서 용틀임하다 지나갔다. 인간의 내성이 어떻게 환경에 적응되는가를 보여주는 사례다. 이후 시간이 지나 한 번씩 갖는 동료들과의 삼겹살 회식은 완전히 내 몸에 적응되어 강철 같은 위장을 지나 내장 깊숙한 곳에서 피가 되고 살이 되었다.

1995년 모로코 서부 사하라에서 100여 개국의 UN 요원, 현지 모로코 저명인사들을 모시고 '한국의 밤' 행사가 진행되었다. 별다른 행사가 아니라 한국의 음식을 저녁 식사시간에 나누어 먹으며 함께 이야기를 나누는 것이었다. 나름대로 한국의 모습을 성심성의껏 보여주기 위해 김치, 라면까지 총동원되었다. 그 중 컵라면은 조리가 간편해서 인기 좋은 한국의 대표 음식 중 하나가 되었다. 욕심 많은 현지인 몇 명은 컵라면을 두세 개씩 집어갔다. 한국군을 지원해 주던 현지인들이 그동안 한국군 기지에서 함께 일을 하며 익힌 익숙한 솜씨로 주변 외국인들에게 컵라면 먹는 방법을 상세하게 설명해 주면서 맛있게 먹고 있었다.

여흥이 무르익어 갈 무렵 한 쪽에서 갑자기 웅성거리는 소리가 들리더니 갑자기 컵라면을 먹던 사람들이 컵라면을 다시 반납하는 사태가 발생했다. 작은 소동들이 구석구석에서 일어났다. 알고 보니 컵라면 스프의 포장 껍데기에 깨알처럼 적힌 재료 명, 영어로 PORK, 그러니까 '돼지고기'라는 글씨가 적혀 있었던 것이다. 눈썰미 좋은 현지인 한 명이 그 글자를 발견했다. 대부분 이슬람교 신자인 이들에게 PORK라는 단어는 강한 거부감을 주었고, 그것이 작은 소동으로 발전하게 된 것이다. 현지인 다수가 컵라면을 반납하고 한국의 다른 음식을 찾았다. 이슬람교와 무관한 UN 요원들은 재미있게 이 광경을 지켜보다가 아무 일 없다는 듯 컵라면을 먹었다. 돼지에 대한 이슬람 인들의 거부감을 보여준 해프닝이었다.

칭기즈 칸의 영혼은 메소포타미아까지 흘러들었다. 그가 죽자 그의 손자 훌라구 칸은 1253년 이슬람 원정길에 올라 1258년 바그다드를 공략했다. 칭기즈 칸의 생각을 그대로 실천한 그의 부하, 후손들의 엄청난 기동력은 지구의 반을 달리고 또 달려, 인류 문명의 발상지인 메소포타미아, 바그다드까지 치달았고, 바그다드의 이슬람 칼리프 왕조는 이들 몽골의 후예들에 의해 갑자기 멸망했다. 몽골의 훌라구 칸은 바그다드를 점령하자 이슬람을 경멸하는 의미에서 돼지 100여 마리를 거리에 뿌렸다고 한다. 괴성을 지르며 바그다드를 뒤집고 다니는 돼지를 상상해 본다. 이슬람 인들이 가장 혐오하고 더럽게 생각하는 돼지가 고대로부터 내려온 자신들의 신성한 성곽을 비집고 축대를 들이박으며 미친 듯 날뛴다. 정복자에 의해 만들어진 돼지들의 축제에 승자의 쾌감과 점령당한 아랍 인들의 모멸스런 모습이 오버랩 된다. 이슬람 인들이 그렇게 금기시하던 돼지가 바그다드를 활보하며 굵은 눈, 구레나룻, 터번, 금박 입힌 『코란』의 율법 한 자 한 자를 짓밟으며 몽골 '칸'의 위대함을 떨친다. 이것이 바로 돼지를 이용하여 이슬람의 심장을 유린한 칭기즈 칸 몽골의 정체다. 이들과 똑같은 DNA를 가진 몽골의 후예들이 1231년 고려를 침공했다는 사실을 기억한다면, 이슬람의 굴욕만큼 우리 선조들의 굴욕 또한 만만치 않았을 것이다. 우리의 역사는 애써 그것을 밝히려 하지 않았겠지만.

왜 하필이면 돼지일까? 이슬람교 율법 가운데 돼지고기를 먹지 못하게 한 것은 돼지의 생김새 때문이 아니라 덥고 건조한 중동의 기후와 환경으로 인해 고기가 빨리 부패하기 때문이라는 과학적인 이유가 있다. 쉽게 상하는 돼지고기가 자칫 사람을 상하게 할 수 있기 때문에 오랜 경험을 통해 그들이 얻은 지혜로 돼지고기를 금기시한 것이다. 그러한 금기가 보건상의 이유에서 형이상학적 관념의 프리즘을 통해 지저분하고 더러운 동물로 이슬람의 계율이 된 것이다. 술을 못 마시게 하거나 한 남자가 여러 여자를 거느리게 한 것도 오랜 생활환경과 밀접하게 연관된 결과이며 척박한 삶을 통해 체득한 그들의 처세다.

죽은 고기와 피와 돼지고기를 먹지 말라. 그러나
고의가 아니고 어쩔 수 없이 먹을 경우에는 죄악
이 아니라고 했으니… 『코란』 에서

8

소금바다와 석유암석

I.

　중국의 한 쪽 구석에는 염분을 듬뿍 머금은 건조한 황야가 있다. 히말라야 산맥 중턱에서는 바다 속 어패류의 화석이 발견되었다. 이러한 사실은 오래 전 지구가 지각 변동을 일으켜 바닷물에 덮인 해저 면이 융기하여 대륙이 되었음을 입증하는 것이다. 히말라야 산맥의 경우는 지구의 껍데기를 구성하는 몇 개의 판이 충돌하여 솟아오른 것이라고 한다. 지구의 껍데기 지각은 수만 년 인고의 세월을 겪으며 오르락내리락하다가 차오른 물을 비우고 다시 쓸어 담고, 또 흙을 물로 덮거나 토해내고 하는 경험을 겪은 후 현재에 이르렀다. 인간으로 치면 지각의 변화는 다윈의 진화론이나 라마르크의 용불용설도 아니며, 돌연변이에 가깝다고 봐야 하겠다. 새로운 지각이 만들어지면서 물이 쓸려 사라지고 바닥은 수천 년, 수만 년 흘러 새로운 살이 박혀 오늘에 이른 것이다.

서부 사하라 라윤에서 북동쪽 도로를 따라 차로 약 2시간 정도 달려가면 온통 천지가 하얀 소금바다가 눈앞에 펼쳐진다. 외진 곳이라 관광객도 없는, 세상에 알려지지 않은 별세계다. 사막 한가운데지만 온통 사방이 하얀 소금으로 깔려 있다. 뜨거운 태양의 열기와 맞물린 하얀 소금이 지평선을 형성하고 있다.

아프리카의 빈국인 모로코는 이 소금바다에 그레이더(grader)를 동원하여 소금을 끌어 모아 트럭에 싣고 나른다. 굉장히 오랜 기간 소금을 끌어 모았겠지만, 아마 수백 년 더 끌어 모아도 다 담아 가지 못할 정도의 엄청난 면적이다. 소금 바다의 모퉁이에는 수천 년 동안 바위와 모래와 소금이 엉키고 다시 물이 되어 흘러내리는 곳도 있다. 달려가 물맛을 보니 염분을 잔뜩 머금고 있다. 우리 일행은 UN 마크가 선명한 지프차를 이리 저리 몰고 소금 위를 달렸다. 아무리 달려도 끝이 없는 소금바다는 아프리카도 오랜 옛날에 바다 밑이었다는 것을 보여주는 확실한 증거다.

소금바다를 조금 벗어나면 스페인과 알제리가 모로코에서 싸운 흔적들이 곳곳에 남아 있는 스페인 연대 막사가 있다. 오랜 풍파로 대부분 허물어졌지만, 점성술로 방향을 잡았던 흔적들이 회화로 남

아 있다. 일부 건물의 천장은 반구로 건축하여 별자리를 그려 넣기
도 했고 곳곳에는 탄피가 너저분하게 버려져 있다. 지나친 일조량
과 건조한 기후로 탄피가 녹슬지 못하고 검게 그을려 있었다. 아무
도 돌보지 않는 아프리카 북부의 한 쪽에서 서로 죽이고 살리는 과
정이 계속되고 있을 즈음 소금바다는 수천 년, 수만 년 태양에 뜨
거워진 수증기를 계속 날리며 지표면 위에 하얀 맨살을 돌출시키고
있다.

▲ 서부 사하라에는 스페인이 북부 아프리카 침공 시 사용한 막사가 곳곳에 있다.

　이라크 아르빌에서 시정이 좋을 때 북쪽 국경 방향을 바라보면 자그로스 산맥의 만년설이 보인다. 수만 년 전 하얀 눈은 지각변동으로 올라온 산을 두껍게 덮고, 그 눈이 얼어붙고, 그 위를 다시 하얀 눈이 덮는 과정을 반복했다. 아르빌의 뜨거운 열기에도 높은 산, 깊은 계곡은 눈과 얼음으로 지구를 식힌다. 이라크 북부 지역은 높은 산들이 많은데 어떤 산은 회색 빛, 어떤 산은 붉은 빛을 띠기도 한다. 북쪽으로 계속 올라가면 산들이 수분을 잔뜩 머금은 곳도 있다. 또 어떤 곳은 비가 많이 온 탓인지 폭포수가 무섭게 흘러내리기도 하고 지표면을 뚫고 물이 콸콸 쏟아지는 곳도 있다. 이라크 북쪽 사람들은 더운 여름이면 이곳으로 피서를 온다고 한다. 곳곳에 야영 캠프가 설치되어 있다.

　북쪽으로 달리다 보면 깊은 산 암벽 사이로 골탕이 흘러내린 검은 흔적들이 보인다. 그리고 그 암벽들 사이에 난 좁고 먼지 날리는 길을 달리다보면 검정색 덩어리가 노면에 간혹 보인다. 안내하는 현지인들의 설명에 의하면, 원유가 지표로 올라와 말라비틀어진 것이라고 한다. 암벽의 약한 틈을 비집고 지표로 올라와 바위 조각처럼 떨어져 나뒹구는 덩어리가 원유라면, 이라크 북부는 석유의 바다 위에 둥둥 떠 있다는 말이 사실일 것이다. 지구의 허파 깊숙이 빨대를 꽂아 석유를 뽑아내는 인간 역시 자연이 바라볼 때 잔인하기는 마찬가지다. 바위의 빈틈으로 맷돌에 갈린 녹두 즙처럼 산은 원유를 뱉고, 인간은 끊임없이 그것을 탐한다.

II

모래 속의 감정 조각들

염소의 본능

2005년 뜨거운 여름, 무장한 헬기가 좌우 문을 떼어낸 채 아주 낮은 고도로 빠르게 이라크 평원을 지나간다. 입이 뒤틀릴 정도의 풍속을 이겨내는 것은 정작 헬기가 아니라 전사(戰士)들의 몫이다. 멀리서 매캐한 기름 냄새가 그 풍속을 뚫고 입가로 흘러들고, 대낮에 횃불을 치켜세운 유전 지대에선 연신 검은 황금을 지하 깊숙한 곳으로부터 빨아들이고 있다.

발아래 지상에서는 바람의 흔적이 건조한 구릉에 사이 길을 만들고, 그렇게 수백 년을 흘러 이라크의 황야는 망사 스타킹 같은 얼룩들이 곳곳에 흉터로 박혀 있다. 뜨거운 여름 헬리콥터는 오금이 저리도록 활짝 문을 열어 제치고 관통하는 바람을 머금으며 달린다. 엑스 벨트에 의존한 몸과 달랑거리는 작은 마음으로 발아래 흐르는 티그리스 강을 멍하게 내려다보면서, 혹시 있을지 모르는 적들의 공격을 간간이 의식한다. 운명을 짊어진 것은 둔탁한 헬리콥터가 아니라 바로 나와 우리들 자신이다. 우리들은 스스로 몸을 보호하기 위해 엉뚱한 발가락 끝에 잔뜩 힘을 준다. 이러한 각오를 싣고 헬기는 800년 전 칭기즈 칸의 부하들이 말을 타고 질주하고 난도질했던 그 끝없는 평원을 거침없이 달리며 바그다드를 향해 날아간다. 바람을 맞으며 침묵하고 있는 숨죽인 전사들, 그들에게 신의 가호가 있었을 것이다.

2003년 이라크 전쟁 당시만 해도 미군들은 헬기를 타고 평원을 달리면서 드문드문 보이는 독가촌 쪽을 향해 축구공도 던지고 사탕도 던지곤 했다고 한다. 그러나 지금은 그냥 침묵을 지킨 채 가급적 빨리 무기력한 허공을 통과하거나 회피하려 한다. 시간은 서로의 적대감을 포용하지 못했다. 진실은 죽은 자와 살아남은 자를 통해 잘 숨겨져 있기 때문이다. ‘앎’이 얼마나 무서운 것인지 모를 때만 알았다. 어차피 알게 될 걸 미리 알았더라면 후회도 적었을 것이다. 많은 사람들이 이러한 후회스러운 ‘앎’을 알고도 모른 척하며 지낸다.

OIF : Operation Iraqi Freedom / 이라크 자유수호 작전

2003년 3월 19일 조지 부시 미국 대통령은 사담 후세인과 그의
추종자들이 스스로 이라크를 떠나도록 요구하면서 3월 20일 미 본
토와 걸프 만 해역에서 이라크를 향해 전쟁을 개시한다. 전쟁의 목
적은 이라크 내 대량살상 무기의 제거와 국제 테러조직 알 카에다
를 색출해 내고 후세인 정권으로부터 이라크 국민들을 해방시킨다
는 것이었다. 걸프 만과 홍해에서 6척의 미 해군함이 40여 발의 크
루즈 미사일을 발사하고, F-117A 나이트 호크 스텔스 폭격기가 2천
파운드의 폭탄을 이라크 심장부에 퍼붓는다. 2003년 5월 1일 조지
부시 대통령을 태운 전투기가 항공모함 에이브러햄 링컨 호 갑판에
멋지게 내려앉는다. 부시는 이 날 이라크에서 미국의 전쟁 승리를
선언한다. 그리고 7년 이상의 지루한 시간이 지나 2010년 8월 31일
버락 오바마 미국 대통령은 미군의 이라크에서의 전투 임무가 완전
히 끝났음을 선언한다. 미국 브루킹스 연구소 자료를 인용한 언론
보도에 의하면, 미군 4,420명과 연합군 316명이 전사했고, 이라크
민간인 100,000명 사망, 이라크 내 반군 5,500명, 이라크 군 및 경
찰 9,654명이 전사했다고 한다.

헬리콥터 프로펠러의 굉음에 갇힌 침묵, 이는 환경에 잘 적응된
무미건조하고 마른 일상을 대신하는 침묵이다. 짙은 검정의 선글라
스만이 침묵의 표정과 어색한 시선이 마주치는 것을 감추어 준다.
헬기가 지나가는 아래에서 양떼들이 산발적으로 계곡과 언덕을 따
라 낮은 구릉에 형성된, 수천 년 동안 지나간 바람의 길 사이를 비

집고 다닌다. 목동의 회초리와 돌팔매질은 양떼와 교감하는 그들의 언어다. 이리저리 뛰다가 걷다가 허랑(虛浪)하게 빈둥거리는 양떼들. 그 와중에 한 마리 우중충한 흰색 염소가 보인다. 좀더 자세히 보면 넓은 광야의 양떼 무리 속에 간혹 염소가 보이는데, 녀석의 양태가 양과 같아서 자세히 봐야만 구분할 수 있다.

염소들은 본능적으로 회귀 습성이 있다. 이런 습성이 유전적으로 불안정한 심리적 습성과 결합해 있는 모양이다. 그래서 오랜 세월 동안 양치는 목동들은 이런 염소의 습성을 교묘히 이용했다고 전해진다. 해질 무렵이 되면 목동들은 무고하고 선량한 염소들을 마구 다그친다. 염소를 괴롭히는 이런 전주만 있으면 염소는 기계적으로 초원의 양떼들이 불안스럽게 시야에 들어온다고 한다. 그 오토 메커니즘인 황혼, 목동, 재촉, 귀가, 들판, 양떼가 융합되어 염소는 자신의 뿔로 양떼들을 집으로 돌아가도록 몰아붙인다. 염소의 본능이 수백 마리의 양떼들을 우리로 돌아가도록 길을 인도하며 목동의 일을 대신하는 것이다.

이렇게 매일 저녁 집으로 돌아갈 시간이 되면 염소는 불안한 유전자 코드가 작동하여 양들을 집으로 몰아간다고 한다. 양 한두 놈이 무리를 일탈하려 하면 뛰어 다니면서 머리로 되받아 집으로 몰고 간다. 양들을 지키겠다는 보호 본능이 아니라 염소 스스로의 불안한 본능이 작동되는 것이다. 완장을 채워주지 않아도 염소는 밤이면 밤마다 주번 역할을 제대로 한다. 양과 염소, 목동으로 이어지는 먹이사슬에서 염소는 고기 값보다 불안한 유전 형질로서 제 몫을 다한다. 이것은 염소의 이기적 유전자가 수천 년 다듬어져 내려온 결과일 것이다.

코끼리는 선조들의 영혼이 증발한 황량한 동굴, 상아들로 가득 찬 인적이 드문 오지에서 죽는다. 마지막 한 숨을 위해 코끼리 무리는 수천 길을 걷는다. 회귀 본능을 가진 고기들도 있다. 수천 킬로를 헤매다 강원도 동해의 어느 이름 모를 산골짜기, 바다와 연결된 하천 입구에 도달하는 연어! 파도를 거꾸로 차고 또 다시 힘찬 내륙으로의 여행을 시작한다. 그 유전자 코드는 누가 살펴보지 않아도 회귀본능일 것이다. 넓은 대양에서 큰 고래의 자맥질을 보고 더 넓은 세상의 더 큰 삶을 지켜보고서는 결코 돌아가지 않겠다고 했지만, 본능 때문에 겪는 연어의 불편함. 돌아가야만 하는 연어의 스트레스, 24번 DNA 때문일까? 석양의 노을이 불안한 유전자에게 전달되어 그 발홍으로 하루를 접는 염소, 길을 잃어버리려 노력하는 잡상(雜想), 이것이 염소, 코끼리, 연어만의 일탈일까? 헬기와 바람의 소음에 갇힌 작은 노래 소리가 MP3 플레이어를 통해 이라크 상공에서 흐릿하게 고막을 울린다.

10

모로코 해변의 '꽁비앙'

한국인들의 영어에 대한 알레르기는 세계 어디를 가나 마찬가지다. 거의 두드러기가 날 정도다. 영어에는 왕도가 없다는 말이 있듯이, 왕도 없고 왕자도 없는 고난 그 자체의 길이다. 막상 맞부딪치면 맨땅에 헤딩한다는 생각으로 그냥 문장에 대한 고민 없이 몇 개의 단어를 연결해서 마구 지껄이다가, 이해가 되지 않으면 "왓(What)?" 하는 게 최선의 방도다. 서바이벌 잉글리쉬, 바디 랭귀지라는 말도 있듯이, 영어의 늪에서 살아남기 위해서는 때로 몸 블루스를 과감하게 추면서 자신을 던져야 한다. 이역만리에서 홀로서기를 해야 할 때 영어가 부담스럽게 주위를 에워쌌다.

두바이에서 출발한 비행기는 쿠웨이트 공항 활주로에 내리더니 이어서 몇 번의 우회전, 좌회전을 거쳐 멈춘다. 비행기에서 여객 청사까지는 꽤 먼 거리다. 승객들을 이동시키는 버스에서 시커먼 구레나룻 운전사 아저씨가 눈을 둥글둥글 굴리며 안내방송을 한다.

'지나 내나' 이해가 안 되게 떠들더니, 그 엉성한 문장들 가운데 '빠신저'라는 말을 몇 차례 반복한다. 무슨 말인지 헷갈렸지만 자세히 들어 보니 '패슨저'(passenger, 승객)라는 영어를 쿠웨이트 식, 아니 중동 식으로 발음하다 보니 그렇게 강한 경음화 현상이 일어난 것이다. 강한 악센트, 영어 철자를 그대로 읽는 것은 영어가 영국에서 중동까지 대륙을 따라 건너와 변형을 거듭하면서 '무덥고 건조한 영어'로 변신한 결과 때문일까? 넓은 대서양을 건너 아메리카로 건너간 영어는 오히려 더욱 부드럽고 바삭바삭한 크래커처럼 변했는데, 그에 비해 중동 지역의 영어는 딱딱하고 굳은 느낌이다. 닥터(doctor, 의사)를 '독토르'라고 하질 않나…. 미국 식이든 영국 식이든 나로서는 영맹(英盲)이기 때문에 짐작의 느낌으로 문장 속의 단어를 도출해낼 수밖에 없다. 이곳 사람들이 구사하는 영어는 억센 발음으로 인해 단어를 발음 기호와 무관하게 그대로 읽어 나간다. 내 기준으로는 역시 한국인들과 가장 영어로 대화가 잘 되는 외국인은 말레이시아, 일본 등의 동남아시아 사람들이다. 단어만 잘 활용하면 어쭙잖게 대화가 가능하다. 대화라기보다 이해가 가능하다고 표현하는 것이 맞겠다. 고급스런 표현을 빌리자면 생략이 주는 미학이라고 할까? 이들과는 문장보다 몇 개의 단어로 서로 웃고 웃기며 진지해질 수 있다. 그러나 같은 동양권이라도 중국인이 영어를 구사할 때는 차원이 조금 다르다. 중국인들은 한자의 어순이 영어와 같아서 영어를 익히는 속도가 빠르고 발음도 미국인과 흡사하게 구사한다. 물론 나 같은 영맹(英盲)이 아는 영어 발음과 그 한계에서 중국인의 영어를 평가한 것이지만.

자이툰(Zaytun)은 아랍어로 평화의 상징인 올리브를 뜻한다. 자이투니아(Zaytunia)는 아랍어를 영어의 형식을 응용하여 만든 조어(造語)다. Zaytun의 접미사 ~ia는 Ocean에 접미사 ia가 합쳐져 Oceania가 된 것처럼, Zaytun이라는 고유명사에 ia를 추가하여 자이툰에서 근무한 장병을 나름대로 Zaytunia로 이름 지어본다. 이런 형태로는 Australia, Mongolia, Siberia, Somalia, Malaysia가 있다. 물론 영어의 접미사와 아랍어의 접미사가 다르지만, 일단 Zaytun이 고유명사가 된 만큼 영어처럼 접미사를 붙여 보았다. 자이투니아(Zaytunia)는 많은 경쟁률을 뚫고 선발된 신체가 강건하고 군인정신이 투철한 인원들이다. 이렇게 경쟁력 있는 전사(戰士)들도 영어 앞에서는 조금은 약하고 초라해지지만, 자신감과 두둑한 배짱이 이러한 어려움을 극복하게 해주는 경우도 있다.

예스, 땡큐로 모든 것을 해결하는 듬직한 자이툰 J 선배의 경우 '예스, 예~~스, 예스 예스, 땡큐, 때엥큐, 오우 때엥큐, 으흥 땡큐'로 모든 대화가 가능하며 그 방법도 간단하다. 먼저 대화하는 외국인의 시선을 놓치지 않고 밝은 표정으로 바라본다. 대화하는 동안 J 선배는 '예스, 땡큐'만 계속하다가, 이해되지 않는 문장이 나오면 시선은 계속 외국인을 바라보면서 혼자말로 옆에 있는 통역에게 "야가 지금 뭐라 카노?"라고 묻는다. 옆에 있던 한국군 통역은 정확하게 영어를 한국말로 번역하여 낮은 목소리로 알려준다. 물론 대화를 하고 있는 외국인은 한국말을 모르니까 그냥 한국인들끼리 이야기하는 모양이다 생각했겠지. J 선배는 통역 내용을 듣자마자 이어서 "오우 예~에스."라고 답변한다. '서바이벌 잉글리쉬'이지만 그 선배는 외국인과의 소통에 전혀 문제가 없다. 든든한 자신감과 배짱, 듬직한 통역이 있으니까! 언어는 소통의 수단이다. 외국인과의 감성 교감은 서로의 표정만으로 충분히 느낄 수 있다. 상대방에게 보여주는 밝은 표정이 경쟁력 있는 진정한 소통의 언어를 대신한다. 그러나 부족한 영어로는 항상 뒷맛이 개운치 못한 것은 컴맹만큼 영맹도 다가오는 좋은 세상에서 불편한 장애로 남을 수밖에 없기 때문이다.

1994년 당시 해외 파병은 우리 군에서는 낯설지만 새로운 것에 대한 도전과 탐험이자 시도였다. 정부는 서부 사하라 UN PKO 활동에 적극 참여하기로 결정하고 한국군 42명을 국회 의결을 거쳐 파병키로 했다. 김영삼 대통령은 나를 포함한 서부 사하라 파병 인원 10여 명을 청와대로 불러 격려했다. 김 대통령이 "이번 파병 인원 선발 때 갱쟁력(경쟁력)이 쎄다매…?"라고 질문하자, 파병단장은 무슨 말인지 몰라 "네?" 하며 되물었다. 재차 김 대통령이 "갱쟁력이 쎄다매…?" 한다. 다시 파병단장이 "네?" 하면서 무슨 말인지 몰라 머릿속이 복잡해진다. 그때 뒤쪽에 있던 국방장관, 국회에서 양말까지 보여주며 본인의 성실성을 입증하려 했던 그 유명한 장관님의 인상이 한순간 일그러지면서 긴장한 표정이 역력하다. 뒤늦게 김 대통령의 말뜻을 이해한 파병단장이 "네! 경쟁력이 높았습니다."라고 답변한다. 여기서도 외국어(?)는 힘들다.

모로코 서부 사하라 남쪽 해변은 대서양과 지중해가 만나는 곳으로서 해안선은 단조롭지만 원시의 모습을 간직한 아름다운 비경이 곳곳에 숨겨져 있다. 띄엄띄엄 해안선을 따라 형성된 작은 포구에 가보면 깊은 바다 속이 훤히 비친다. 학꽁치, 고등어까지 유유히 떠다니고 도도한 바닷물이 푸르다 못해 시퍼렇다. 작은 목선들이 낚시를 이용하여 고기를 잡기도 하고, 큰 어선들은 꽁치를 얼음과 섞어 연신 포구로 건네기도 한다. 싱싱한 횟감이라도 사가야지 하는 생각에 오랜만에 해변으로 나왔다. 우리 일행은 해안선을 따라 형성된 모래사장에서 목선을 타고 갓 돌아온 현지 어부와 흥정을 벌인다. 먼저 해변 모래사장에 손가락으로 삼각형 머리 모양과 다리 세 개를 그린 후 똑같은 모양 두 개를 더 그린다. 오징어 세 마리를 상징하는 세계 만국어 상형문자다. 수만 년 전 인류의 조상 호모사피엔스, 크로마뇽인도 이런 상형문자를 썼겠지.

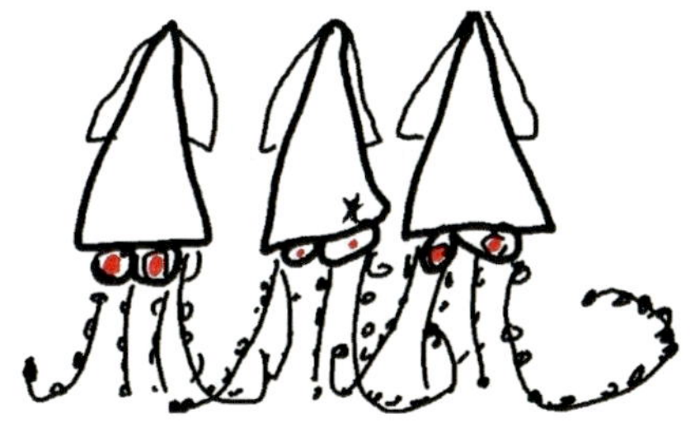

바닷바람에 얼굴 주름이 짜글짜글해진 모로코 어부에게 모래에 그린 그림을 가리키자 어부는 목선에서 오징어 세 마리를 냉큼 가져왔다. 내가 먼저 "꽁비앙?" 하고 묻는다. 불어로 '꽁비앙?'은 영어로 'How much?'이며 우리나라 말로 '얼마입니까?'라는 뜻이다. 완전한 불어는 'Ça fait combien?'이다. 어부는 나의 질문을 받자마자 작업복 큰 주머니에서 카시오 전자계산기를 꺼내 들고 80이라는 숫자를 찍는다. 많이 해본 솜씨다. 내가 얼른 계산기를 뺏어 50을 다시 입력해서 보여준다. 이번에는 어부가 고개를 좌우로 흔들면서 75를 입력한다. 옥신각신 전자계산기를 주거니 받거니 하면서 65에 최종 낙찰된다. 오징어 세 마리에 65디람, 우리나라 화폐로 치면 약

7천 원 정도의 가격으로 흥정이 완료된 것이다. 이렇게 흥정이 마무리되면 "위! 세흐(oui! chère)."라고 화답한다. 이렇게 유창하지도 길지도 않은 몇 개의 불어로 지구 반대편에서 오징어 세 마리를 가격 흥정까지 해서 사먹는다.

모로코는 아랍어가 공용어이다. 일부 계층에서는 과거 프랑스의 통치를 받은 탓에 불어를 쓰고, 현지 UN 요원들은 공용어인 영어를 쓴다. 일반적으로 현지인에게는 아랍어로 소통하는 것이 어렵기 때문에 간단한 불어를 사용하는 것이 서로 편리하고 대화가 통한다. 이렇게 모로코 서부 사하라에서는 불어 몇 개의 단어만 있어도 먹고 사는 데 지장이 없다. 그러나 영맹(英盲)뿐 아니라 몇 개의 불어 단어로 떠들썩한 불맹(佛盲)도 더 큰 세상에 나가면 초라해지기는 마찬가지다.

모로코 라윤은 사막 한가운데 형성된 조그마한 도시다. 저녁이면 라윤의 한 쪽 구석 조그마한 '빠(BAR)'에서 가벼운 음악 아래 담배를 피며 맥주 한 캔 정도 하는 UN 요원들이 많다. 우리로 치면 호프집 정도 되는 곳이다. 대부분의 외국인들은 저녁을 먹고 이곳 '빠'에서 맥주 한 캔을 마시며 음악을 듣다가 자신의 숙소로 돌아가 내일을 준비한다. 그날도 어김없이 한국군 K 준위는 동료들과 함께 '빠'에 도착하자마자 유창한 콩글리쉬로 "텐 비어!"(맥주 10캔) 하면서 자신의 주머니에 있는 달러를 털어 지불하고 시원한 캔 10개를 산다. 그러고 나서 망설임 없이 조금이라도 안면이 있는 외국군, 외국인에게 "하이!" 하며 그냥 캔을 준다. 거의 전단지를 뿌리는 수준이다. 쉰을 넘긴 K 준위는 월남전도 다녀온 베테랑이다. 이렇게 분배해준 맥주는 다음날 바로 효과가 나타난다. 자동차 정비를 위해 몇 개의 수리 부속품을 신청했는데 오랫동안 지연되다가 맥주를 준 다음날 바로 조치가 된다. 알고 보니 K 준위는 전날 캔을 전달할 때 다 계산을 하고 주었다는 것이다. 언어를 극복하는 방법을 알고 있는 K 준위의 능력이 바로 국제 경쟁력이다. K 준위는 100여 개국의 까맣고 하얗고 덜 태운 인간들이 각자의 국기를 달고 있는 복잡 다양한 서부 사하라 MINURSO에서 무려 1년을 생활하며 성공적으로 임무를 완수하고 귀국했다.

얼마 전 3개 국어를 동시에 구사하는 친구를 만났다. "핸들 우로 이빠이."

2개 국어를 쓰는 친구도 만났다.

"가라, 스윙."

'I can see.'를 번역해 보라고 해서 "나는 볼 수 있다."라고 했더니, 그게 아니라 정답은 "나는(I) 할 수(can) 있나 보다(see)."라고 한다. 미국에서 태어나 성장한 초등학교 4학년 한국 어린이가 미국에서 10년 이상 생활한 아빠의 'wood'라는 단어가 항상 이상하게 들렸다. 그래서 발음을 교정해주러 했지만 워드, 우우드, 우어드 수십 가지 발음을 꼬아서 해도 미국식 발음이 나오질 않는다. 부산 싸나이 로버트 한리, "그기 아이고에. 반갑네에." 하는 사투리를 자신의 것으로 소화시킨 외국인, 그는 이미 이방인이 아니라 대단한 한국인이다. 또 TV 프로에 한국계 미국인 비앙카가 부산 사투리로 "우리 할매가에…"라고 할 때 그녀는 이미 한맹(韓盲)을 벗어난 한국인이다.

나랏말이 서로 사맛디 아니하여 한글을 창제한 조선시대에도 우리 선조들은 중국의 명문장에 대해 "한문의 시와 문장을 우리말과 글로 번역하게 되면 앵무새 울음소리에 지나지 않는다."라고 했다. 언어는 두뇌에서 번역이라는 사고(思考) 체계가 형성되는 순간 언어가 아니라 외국어가 되고 만다. 그냥 들은 그대로 느끼고, 생각나는 그대로 받아들이는 것이 다른 나라의 언어를 배우는 지름길이다. 나이가 어리면 어릴수록 머릿속에 여백이 많아 흡수가 쉽지만, 나이 들수록 살아오면서 형성된 모국어에 대한 고정관념과 온갖 잡상으로 새로운 언어를 집어넣을 여백을 찾지 못하는 것이다. 모로코에서 '꽁비앙'은 불어인지 영어인지 단어를 음미하기 이전에 나와 같은 한국인의 머릿속에 아주 편하게 일반화된 언어였다. 우리 인생의 여백에도 '꽁비앙'처럼 쉽게 익숙해질 수 있는, 친해질 수 있는 사람 향기로 가득 채워졌으면 한다.

▲ 모로코 라윤 시 해안 부둣가에서 꽁치를 하적하는 남자들. 힘들게 산다.

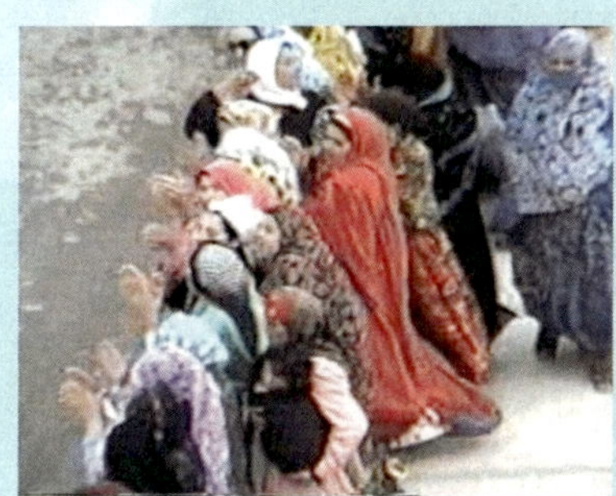

▲ 모로코 국경일에 전통 의상을 입고 거리로 나와 환호하는 여인들. 신난다.

▲ 말을 타고 장총을 쏘던 전통을 재현하는 모습을 현지 경찰들이 지켜보고 있다.

◀ 기도하는 이유?

1. 모로코의 평화

2. 세계평화

3. 가정의 평화

4. 물고기 많이 잡도록

5. 돈 많이 벌도록

6. 오래 살도록

7. 용서받도록

8. 용서하도록

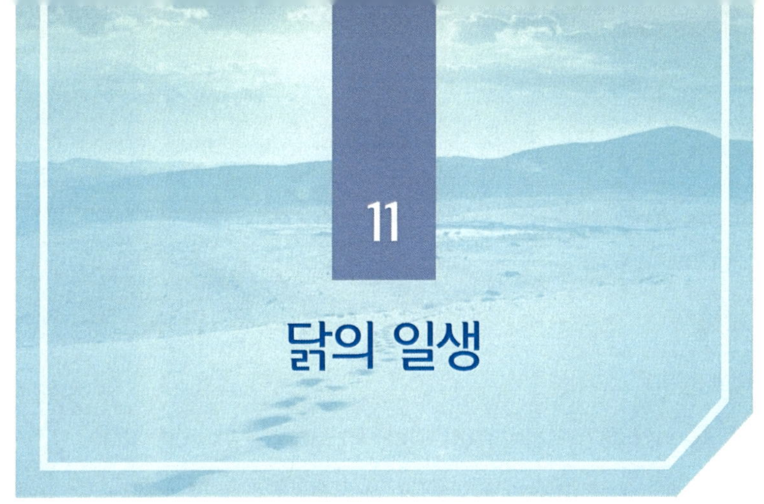

11

닭의 일생

닭은 세계 어느 지역을 가더라도 생김새가 비슷하다. 인간처럼 흑, 백, 황색으로 구분되지도 않고, 단지 암탉, 수탉으로만 구분될 뿐이다. 이라크 북부 쿠르드 자치정부의 대통령인 마수드 바르자니가 자이툰 사단 간부들을 그의 관저로 초대했다. 관저에서의 식사는 서로 공치사를 하며 담소라는 형식을 빌려, 진지한 주제는 피하고 우의(友誼)를 수차례 확인하는 가운데 이루어진다. 주거니 받거니 말의 성찬이 요란하다. 이와 무관하게 쿠르드와 자이툰의 엑스트라들은 식탁의 탐스런 메뉴에 더 관심이 있다. 요리로 나온 닭고기 스프는 우리나라의 닭백숙과 매우 비슷하다. 닭기름이 접시에 둥둥 떠다니고 미끌미끌한 미감(未感), 하얀 속살은 고단백질이 곳곳에 박혀 있음을 시각으로 느낄 수 있도록 해 준다. 닭은 언제나 장렬하게 전사하여 인간의 식욕을 충족시켜 주고 몸 바쳐서 인간에게 충성하는 기특한 녀석이다. 그렇게 보면 다른 음식과는 달리 닭

요리는 쿠르드 지역과 우리나라 모두 비슷하다.

아프리카 모로코의 중소도시 시장에 가면 지중해의 풍성한 과일과 각종 은쟁반, 은주전자 등 세공제품을 살 수 있다. 또 한 쪽 구석에는 염소고기, 양고기, 쇠고기, 낙타고기까지, 길게 찢긴 살집들이 피를 머금고 고철에 걸려 있다. 징그러움을 넘어 살기마저 감돈다. 장사치들의 구성진 목소리와 음흉한 거래를 하는 듯한 눈꼬리하며, 세계 어디를 가든 흥정 스타일은 비슷비슷, 고만고만하다. 프랑스 식 뷔페에 질려 우리끼리 저녁을 해먹기로 하고 시장도 볼 겸해서 닭 집을 찾아갔다. 닭장은 그물망으로 가로 세로 4~5미터 넓이에 높이 40~50센티미터 정도의 울타리를 쳐서 만들어져 있었다. 닭들은 그 안에서 오랜 기간 배설한 닭똥을 짓이기며 곧 죽을 운명인 것을 아는지 모르는지 이리저리 한가롭게 거닐고 있다. 닭 가게 주인을 아무리 찾아도 보이지 않더니, 닭장 안에 구레나룻의 덩치 큰 사내가 반 비스듬히 누워 있어 물어보니 본인이 닭 가게 주인이란다. 닭 한 마리를 사러 왔다고 하자 그는 히죽 웃더니 조용히 하라는 수신호를 보낸 뒤 닭들을 예의 주시한다. 하루 종일 구레나룻 주인의 주위를 왔다 갔다 하던 닭들이 여전히 긴장을 풀고 흐느적거리며 걷고 있다. 제법 잘생긴 암탉 한 마리가 주인 옆을 지나치는 순간 주인은 잽싸게 손으로 닭을 잡아 모가지와 양 날개를 뒤로 제치고 꼼짝 못하게 포박하여 닭장 밖으로 들고 나왔다. 그러더니 닭을 뜨거운 물로 즉사시키고는 터럭들을 일일이 손으로 벗겨낸다. 이어서 사각형의 큼직한 주방 칼로 쿡, 쿠욱 난도질을 한다. 그리고는 검은 비닐봉투에 조각들을 주섬주섬 담고서는 우리한테 100디람, 우리나라 돈으로 약 만 원 정도의 돈을 피 묻은 손으로 받아 주머니에 쓰윽 넣은 후 검은 비닐봉투를 건넨다. 그리고 바지에 손을 닦는다. 닭똥이 눌린 채 더덕더덕 붙어 있는 낡은 바지에는 주인의 손에 죽은 수백 마리의 닭 DNA가 소리 없이 숨어 있다.

우리 일행이 가게를 떠나자 주인은 곧장 다시 닭장으로 들어가 조금 전 그 자세로 비스듬히 누워 손톱을 매만지기 시작한다. 닭과 함께 사는 닭 주인은 닭똥이 배인 닭장 냄새는 전혀 신경 쓰지 않고, 그의 작은 생활공간에서 허망한 눈망울만 손톱에 고정시킨 채 요리조리 매만진다. 닭장 내 작은 사건은 몇 십 분 간격으로 발생하지만, 사형수와 교도관은 침묵한 채 어색한 동거를 계속한다. 닭들은 배신감을 느낄 겨를도 없었겠지만, 금붕어만큼도 되지 않는 그들의 IQ, EQ는 공포도, 배신도 형성되질 않았다. 왜 '닭대가리'라는 말이 생겼는지 알 만하다. 닭들은 이내 주인의 주위를 또 배회하면서 주인과 좁은 닭장에서 무언의 교감을 하며 친해지려고 안달이다. 가버린 동료는 닭들에게 몇 킬로그램의 고기 덩어리였을 뿐이다.

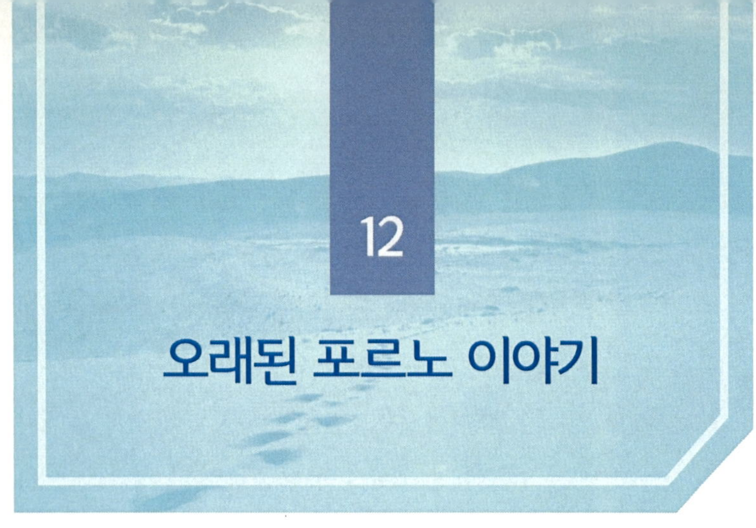

12

오래된 포르노 이야기

중동 지역은 땅이 넓고 광활하여 전파가 달리는 데 걸림돌이 없다. 우리나라처럼 케이블을 매설하거나 중계소를 설치하여 전파를 전달해 주기에는 땅이 너무 넓다. 그런 까닭에 제한사항이 많아 위성 안테나가 일반화되어 도시나 시골 곳곳에 설치되어 있다.

관료들의 호화 저택에는 반구 모양의 안테나가 수십 개 있기도 하고, 시골의 가난한 마을에도 접시처럼 생긴 작은 안테나들이 곳곳에 세워져 있다. 우리나라에서 접하기 어려운 위성 안테나가 대중화되어 있어 한국의 YTN도 실시간 시청이 가능하다.

1995년 서부 사하라 평화 유지군 임무를 무사히 마치고, 복귀를 위해 모로코의 라윤, 카사블랑카를 거쳐 네덜란드 암스테르담에 도착하여 골든 튤립 호텔에서 하루를 묵었다. 개인별로 싱글 룸이 배정되었다. 서부 사하라 사막 모래 알갱이가 아직 완전히 세척되지 않은 상태에서 간단히 씻고, 오랜만에 귀국길의 홍분된 가슴을 달래며 침대에 팔자로 누워 리모컨을 이리저리 눌렀다. 그러던 중 갑자기 빨간색 프로(?)가 딱 걸려들었다. 네덜란드 위성 안테나의 위력이 이런 것이구나 싶어 TV 채널 매뉴얼을 꼼꼼히 살펴보니, 성인 채널은 시청 3분 뒤부터 요금이 부과된다는 영문 설명이 적혀 있었다. 비상한 잔머리는 또 이 채널의 빈틈을 간단하게 파악했다. 2분 55초 동안 시청하고 잽싸게 다른 채널로 바꾸었다가 또다시 빨간 채널로 확 돌리면 빨강, 분홍, 핑크빛이 좌~악 눈을 어지럽게 한다. 눈뿐이랴! 짧은 순간 아프리카 북부 서부 사하라에서 짐승의 썩은 고기도 먹지 못하고 배고픔에 떨던 침대 위의 하이에나는 색에 취해 채널을 이리저리 돌린다.

적당히 휴식을 마치고 저녁 쇼핑을 위해 다시 로비에서 동료들을 만났다. 짧은 시간 내가 경험한 소중한 정보를 독식하는 것은 한국군의 정서에 맞지 않는다. O 선배에게 이러쿵저러쿵 귓속말로 짧은 경험을 설명해 주었다. 선배는 "귀중한, 소중한 정보 감사합니다."라고 하며 무척 고마워(?)했다. 그날 저녁 모처럼 귀국을 앞두고 네덜란드에서 여독도 풀고 선물도 준비할 겸 암스테르담 주변을 돌아다녔다. 별의 별 모습으로 다가오는 이국의 풍경을 탐닉하다 지쳐 새벽 3시 호텔로 복귀하여 각자의 방으로 돌아갔다.

아침이 되자 모두들 분주하게 움직인다. 마지막 귀국 여정인 암스테르담에서 서울까지의 귀로를 위해 잔뜩 준비한 두툼한 가방들을 챙겨 호텔을 나서는데 O 선배가 갑자기 호텔 카운터에서 지갑을 들고 난감한 표정을 짓고 서 있다. 카운터 아가씨가 궁시렁거리고 O 선배는 당황스런 표정으로 지갑을 꺼내 계산을 한다. 나중에 자초지종을 물으니 새벽 3시에 우리와 헤어진 뒤 방으로 돌아가 나에게 들은 '귀중한, 소중한 정보'를 확인하기 위해 피곤을 무릅쓰고 채널을 이리저리 돌리다가 빨간색 프로를 찾아냈다고 한다. 내가 알려준 대로 2분 55초 시청 후 채널을 바꾸었다가 다시 빨간색 채널, 다시 파란색 채널, 빨간, 파란 채널을 반복하다가 그만 빨간색 채널에서 잠에 곯아떨어지고 만 것이다. 밤새 빨간 채널은 누가 보든 말든 신나게 돌아가고, O 선배는 세상모르고 잠만 자고. 아침에 퇴실해서 나오려는데 카운터에서 금발의 아가씨가 체크아웃하면서 빨간색 시청 요금을 지불하라는 것이다. '귀중한, 소중한 정보' 덕택에 달러만 낭비한 오래된 이야기다.

선물은 받는 사람에게 스트레스를 주어서는 안 된다. 일본 대하소설 '대망'에 등장하는 오다 노부나가는 사돈인 도꾸가와 이에야스에게 커다란 잉어를 선물로 주면서, 영물인 만큼 서로의 우의를 지킨다는 의미에서 잘 키우도록 무언의 압력을 넣는다. 도꾸가와 이에야스는 사돈이 주는 선물인 만큼 애지중지 물고기를 집으로 가져와 연못에 풀어놓고 극진히 보살핀다. 이 큰 물고기를 잘 기르는 데 여념 없는 도꾸가와 이에야스를 보고 그의 부하들은 주군에게 맞아 죽을 각오를 하고 잉어를 잡아먹는다. 난리가 났겠지만 오다 노부나가의 계략이 선물의 기저에 깔려 있다는 것을 뒤늦게 깨달은 도꾸가와 이에야스는 결국 신하들의 판단이 옳았다고 믿는다. 한편 오다 노부나가는 도꾸가와 이에야스가 자신이 준 잉어를 자신의 분신 정도로 생각하고 잘 기르면서 복종심도 쌓아 나갈 것으로 기대했다. 그러나 뒤늦게 도꾸가와 이에야스와 그의 부하들이 잉어를 잡아먹었다는 것을 알게 된 오다 노부나가는 깜짝 놀라며 도꾸가와 이에야스와 그 신하들의 총명함에 탄복한다. 그는 그들이 일본 천하를 평정할 것으로 예언했고, 그의 예언은 정확하게 맞아떨어졌다.

나 같은 범무(凡武)는 서부 사하라에서 임무를 마치고 돌아오는 귀국길에서 오다 노부나가처럼 복잡한 선물을 고집하거나 고민할 필요가 없었다. 서부 사하라에서 PKO 임무를 마치고 귀국길에서 내가 찾은 선물에 대한 정답은 너무나 간단했다.

① 포커 카드 1장씩 : 카드 앞면에는 잘생긴 금발 모델이 흰색 수영복을 입고 있다. 이 모델의 브래지어와 팬티에 침을 묻히면 카드에 특수 물감이 칠해져 있어 흰색의 브래지어와 팬티가 사라지고…. 당시 국내에도 없는 희귀한 카드였다.

② 야광(夜光) 콘돔 1개씩 : 20세기 인류 최고의 발명품 콘돔은 유행 따라, 인종 따라, 느낌 따라 취향에 맞추어 과학과 함께 업그레이드되었다. 드디어는 야광 콘돔이 발명되어 네덜란드 암스테르담에서 판매되고 있어 20개들이 한 통을 샀다. 어둠속을 둥둥 떠다니는 녹색의 길쭉한 지배자를 상상하며.

이 두 가지 선물은 귀국 몇 개월 뒤 공전의 히트를 쳤다. 끼리끼리 모여 녹색의 발광물질이 어둠을 지배했던 지난밤의 이야기를 하고, 수첩에 고이 간직하고 있는 음란카드를 내보이며 소(?) 혓바닥으로 쓰다듬기도 하고. 모두 나의 상상력이 도를 넘던 1995년의 이야기다.

이슬람 세계에서도 성(性)은 살아 있는 생물이다. 하지만 그들의 율법은 혼외정사와 이성을 유혹하거나 성욕을 자극하여 음란행위로 이끌 수 있는 모든 행동을 엄격히 금지시키고 있다. 허용과 금기라는 이중성을 가진 이슬람의 성문화는 일부다처제라는 허용을 통해 그 외의 정사를 금지하는 상대적인 금기를 강조한다. 최근 이슬람 사회에서 간통한 여성을 돌로 쳐 죽이는 관습이 이슈가 된 적이 있었다. '명예살인'이라는 단어는 이슬람 특유의 문화처럼 취급되기도 했다. 이라크 아르빌에서도, 모로코 서부 사하라에서도 이슬람의 율법을 어길 수 있는, 여자를 매개로 한 집창촌이나 매춘은 발견할 수 없었다. 세속적인 것을 혐오하기보다 허용된 범위를 지키려는 노력의 결과일 것이다.

자이툰 사단을 출입하는 현지인 연락관 가운데 특별히 '불량감자' 몇 명은 가끔 우리들에게 '야동'을 탐문했다. 그들의 특이한 정보수집 활동 중 하나였나 보다. 이슬람은 근본적으로 금욕적인 생활을 현실과 담을 쌓을 정도로 지나치게 강요하지는 않는다. 많은 이슬람 관련 문헌은 인간의 성욕을 자연스런 현상으로 간주하면서 최대한의 융통성을 보여주고 있다. 여성의 할렘을 강하게 비난하거나 남녀 간 성교를 본능적 작용으로 보고 그 행위 자체만은 시시비비를 가리지 못하도록 한 마호메트의 설교. 이러한 융통성에도 불구하고 아직까지 잔존해 있는 이슬람 사회의 '명예살인'이니 돌로 쳐 죽이는 행위, 그 이중성을 어떻게 해석해야 할까? 변질된 탈레반의 여성 학대나 인텔리 이슬람 여성들의 페미니스트 운동에 대해 마치 히잡을 다시 뒤집어씌우는 것처럼 여성의 성징(性徵)을 구속하려는 역발상. 이 모든 것은 이슬람 성문화가 오랜 기간 진화를 거듭하다 다시 복잡계로 빠진 것일까? 금기와 허용이 공존하는 것처럼 이슬람의 성(性)은 철저한 폐쇄성과 함께 이중성을 지녔다.

▲ 남자들의 잡담.
낮은 지붕 위 비둘기와 안테나가 야담(野談)을 다 듣고 있다.

13

꽃의 생로병사

태양이 적도 이남을 달릴 때는 이라크 북쪽에도 매섭고 살을 에
는 추위는 없지만 어김없이 메마른 겨울이 온다. 어떤 때는 짧고 비
열하게 비가 내리고, 어떤 때는 건조한 바람과 모래 폭풍이 시야
를 가로막기도 한다. 저녁이면 쌀쌀한 기운으로 조금은 보온을 해
야 하는 그런 분위기다. 이런 겨울이 지나가면 매년 3월 22일 쿠르
드족들은 '나우로즈 축제'를 한다. 우리로 치면 설날과 같은 명절인

데, 쿠르드어로 '나우'는 NEW, '로즈'는 DAY의 의미로 '새 날'이라는 뜻이며 봄이 온다는 의미라고 한다. 이때가 되면 며칠 동안 일가친척, 마을 사람들끼리 형형색색의 전통의상을 입고 축제를 하면서 보낸다. 전설에 따르면, BC 700년 무섭고 사악한 왕이 대장장이 아들을 한 명씩 죽여 자신이 기르는 뱀에게 먹이자, 대장장이는 복수를 위해 왕을 죽이고 높은 산에 올라가 횃불을 지폈다고 한다. 그래서 쿠르드족들은 그들의 기원을 BC 700년으로 하고 있으며, 나우로즈 기간에 횃불을 피우는 것을 오랜 전통으로 여긴다.

나우로즈 기간에 헬기를 타고 이라크 북쪽 상공을 지나가다 보면, 광야에 뿔뿔이 흩어져 있는 쿠르드족 마을 마을마다 전통복장을 하고 춤을 추거나 흥겹게 모여 노는 모습을 볼 수 있다. 마치 한국에서 정월 초하루 농악을 하거나 때때옷을 입고 명절놀이를 하는 모습과 비슷하다. 이라크 북쪽에 있는 식물들은 이 시기를 전후해서 꽃을 피운다. 봄이 길지 않은 탓에 꽃들은 강렬하게 피었다가 질 틈도 없이 마른가지와 덤불로 변한다. 지독한 열기와 숨 막히는 대지의 공기는 봄과 꽃을 사정없이 말려버린다. 그러나 마른 씨앗은 거친 대지로 스스로 추락해 호시탐탐 계절을 엿보다가, 또 새로운 시작의 3월이 오면 힘차게 발아한다. 겨우 한 달 정도의 기간만이 유일한 꽃의 시간이다. 넓은 평원에 보리와 밀이 하루가 다르게 쑥쑥 자라며, 연하고 마른 대지가 엷은 물기 있는 황토색으로 변한다.

들판에 파란 밀대가 올라올 때면 어김없이 땅 밑 새싹이 경쟁이라도 하듯 세상을 보려 발버둥 친다. 4~5월의 아르빌 꽃은 만개하여 며칠간 빨강, 노랑을 뽐내더니 이내 세상에 대한 염증으로 꽃잎을 떨군다. 짧은 영화와 달콤한 봄 향기를 맛본 꽃은 일 년 내내 가시를 품고 아르빌 황야에 콕 처박혀 남은 한 해를 보내다가, 또 봄이 오면 지난 세월을 잊고 세상을 보려 발버둥친다. 봄은 어김없이 오고 새롭게 싹을 틔울 무렵 지나간 기억들은 이미 과거가 되어 있다.

넓은 들판에는 눈에 익은 코스모스도 있다. 한국 코스모스와 달리 키가 작고 군락도 없이 외롭게 혼자 꽃을 피웠다가 주위를 둘러보고 외롭게 사라지는 난쟁이 코스모스다. 봄을 맞이하는 꽃이라고 하기에는 너무 외롭게 보이는 꽃이다. 코스모스의 꽃말은 소녀의 순정. 흰색 꽃은 소녀의 순결을 뜻하고, 붉은색 꽃은 소녀의 순애를 상징한다. 전설도 설화도 부족해서 그 자체로 더욱 희귀하게 만든다. 신이 습작으로 만든 작품이 한 둘이랴마는, 코스모스는 다른 꽃보다 조금 더 부족하고 약하게 보였을 것이다. 꽃이 군락을 이루었을 때 그 멋도 있겠으나 꽃 한 송이의 강렬한 이미지 또한 보기에 따라, 그 꽃이 서 있는 장소에 따라 아름답고 향기로움이 다를 것이다. 인간 또한 보기에 따라, 보이기에 따라 그 향기가 다른 것처럼.

풍차와 튤립으로 유명한 네덜란드는 홀랜드(Holland) 또는 더치 랜드(Dutch Land)로도 불린다. 시내 곳곳에 꽃씨 파는 가게들이 많아 10달러 정도면 푸짐한 꽃씨 한 봉투를 살 수 있다. 꽃씨 한 봉투를 암스테르담에서 우리나라 시골집까지 가지고 와 봄에 한국산 다른 꽃씨들과 함께 뿌렸다. 기후 환경이 비슷한 탓인지 네덜란드 출신의 이름 모를 꽃씨들은 몇 년 동안 한국의 시골 마당에서 발아하여 예쁘게 피었다가 지곤 했다. 한국 토종의 키 작은 꽃들의 시샘을 잔뜩 받으면서 네덜란드 꽃들은 매년 피었다 지며 몇 년을 견디더니 어느 해 삭풍이 몰아치는 한겨울을 견디지 못하고 사라졌다. 그놈의 한국산 토종 난쟁이 꽃들의 시샘도 있었고. 꽃 세상에서 꽃 취급 받는 방법이 있는지 몰라도 네덜란드 꽃은 모진 한국 난쟁이 꽃들의 시샘, 편견을 이기지 못하고 운명을 달리했다.

　양귀비꽃처럼 향기는 잘 알지 못하지만 간혹 색깔이 아름다울수록 독소가 많은 것들이 있다. 특별히 붉은 꽃들은 쿠르드 민족의 핏빛처럼 이라크 북쪽 대지를 띄엄띄엄 적신다. 이런 꽃들은 오랫동안 밟히고 밟혀도 절망하지 않고 끈질기게 비운의 역사를 다시 고쳐 쓰려는 쿠르드족의 염원처럼 보인다. 아르빌 대지를 물들인 이런 꽃들은 한 달가량 따뜻한 봄에 문득 피었다가 뜨거운 열기에 이내 가시덤불로 바뀌곤 한다. 하지만 이만큼 강렬한 일생을 가진 꽃들이 또 있겠나 싶다.

꽃
(김춘수)

내가 그의 이름을 불러 주기 전에는
그는 다만
하나의 몸짓에 지나지 않았다.
내가 그의 이름을 불러 주었을 때

그는 나에게로 와서
꽃이 되었다.

내가 그의 이름을 불러 준 것처럼
나의 이 빛깔과 향기에 알맞은
누가 나의 이름을 불러다오.
….

14

혼자 떠나는 길

　누구나 혼자서 외국 여행을 하려 하면 비행기나 호텔 예약을 제대로 할 수 있을까, 영어가 부족한데 목적지를 찾아갈 수 있을까 하는 우려감이 앞서는 까닭에 새로운 여행을 좀처럼 시도하지 않는다. 1995년 서부 사하라에서 한국에서 온 대학생을 만났다. 이 청년은 오토바이로 한국을 출발하여 중국을 거쳐 유럽까지 육로를 이용하여 도착한 뒤, 다시 스페인까지 내려가 거기서 배를 타고 아프리카 모로코 라윤에 도착했다. 혼자서 오토바이 여행을 시도한 젊은이의 모험심과 도전 정신에 나는 큰 감명을 받았다. 그는 대학교 1학년을 마친 뒤 휴학을 하고 혼자 여행 계획을 세워 약 한 달 가량 오토바이 여행을 해서 아프리카 라윤에 도착한 것이다. 어떤 뚜렷한 명분이 있어서 시작한 것이 아니라, 단순히 오토바이로 세계 여행을 하며 새로운 경험을 해 보고 싶어서 도전했다고 한다. 여행 도중 오토바이가 고장 나면 직접 고치기도 하고, 필요한 물건은 현지에서 구입하여 사용했다고 한다. 끝없는 길을 달릴 때, 어떤 때는 고독과 무서움, 어떤 때는 희망과 보람으로 많은 것을 배운 여행이라고 했다. 내가 임무를 마치고 한국에 귀국한 후 그 젊은이가 자신의 여행담을 TV 방송에 출연하여 이야기하는 것을 보았는데, 그때 그는 자신이 서부 사하라에서 우리들과 함께했던 영상도 보여 주며 재미있게 이야기를 했다. 도전을 즐기는 젊은이! 그것만으로도 대단하다.

이라크 아르빌에서 UAE 두바이까지 가는 방법은 복잡했다. 아르빌 공항에서 수송기를 타고 쿠웨이트 공항에 내려 다시 민항기로 UAE 두바이까지 가는 게 일반적인 방법이었다. 쿠르드 자치정부가 아르빌 공항을 국제공항으로 인증 받은 이후 나름대로 국제적인 시선을 의식하여 아르빌에서 터키로 가는 항로와 두바이로 가는 직항로를 개설했지만, 자이툰 사단 장병들에게는 시도해 보지 않은 방법이어서 제한되었다. 2006년 2월 한국으로 휴가를 가면서 나는 지금까지 시도하지 않았던 아르빌에서 UAE 두바이까지 직항로 노선을 개척하기로 하고 까다로운 아르빌 공항 절차를 거쳐 금방 추락할 것 같은 낡은 비행기에 탑승했다. 비행기는 쿠르드 자치정부에서 우즈베키스탄이나 키르키즈스탄 또는 '스탄' 자 돌림의 구소련 위성국들로부터 저가로 구입하거나 임대한 비행기다. 쿠르드 자치정부는 아르빌 국제공항의 위상을 높이려고 급히 비행기를 구입하고 노선을 만들었다. 낡은 비행기는 좌석표도 필요 없이 그냥 시내버스에서 먼저 보이는 자리를 차지하듯 앉으면 된다. 그나마 괜찮은 자리에 앉자마자 승무원이 내게로 오더니 다짜고짜 뒤쪽으로 가라고 한다. 뭔 영문인지 몰라 시키는 대로 뒤쪽으로 가보니 한 그룹의 동양인들이 앉아 있었다. 인종차별! 그 승무원은 동양인은 동양인끼리 몰아서 앉히려는 생각으로 나를 뒤쪽으로 가게 한 것이다. 이 좁은 비행기, 이라크 북부 구석진 곳에서도 인종차별이 있구나. 비행기는 콘크리트 바닥을 달리는 것도 아닌데 한 번씩 허공에 튕기면서 헬기보다 더 거칠게 비행했다. 기내 서비스는 물론 없을 뿐 아니라 짐짝처럼 취급당한 뒤 찜찜한 기분으로 비행기에서 내렸다. 불친절, 인종차별, 악독하게 생긴 스튜어디스!

미리 예약한 한국인 게스트하우스 주인이 두바이 국제선 공항 입구까지 승합차를 몰고 나와 기다리고 있었다. 승합차는 몇 명의 한국인과 함께 나를 싣고 20분을 달려 게스트하우스에 도착했다. 두바이에서 인천까지 가는 UAE 비행기를 10시간 정도 기다려야 했기 때문에 그 틈을 이용해 한국인이 운영하는 게스트하우스에서 된장국으로 식사도 하고 샤워도 하고 재정비를 했다. 게스트하우스 주인은 다시 승합차를 이용하여 나를 공항까지 실어다 주었다. 이제 남은 일은 비행기 표를 잘 받아서 인천까지 가는 것이다.

그런데 여객 터미널에서 발권을 하던 중 나의 여권명과 발권의 영어 철자가 달라 발권이 불가능하다고 한다. 항공권을 예약할 때 쿠웨이트 항공사 지점에서 철자를 잘못 쓴 것이다. 주변을 찾아보니 한국인은 한 명도 없고 '빠신져'의 억양을 가진 현지인뿐이다. 자초지종을 이야기해도 통하지 않는다. 할 수 없이 공항 매니저를 불렀다. 인상이 험악한 매니저는 한참 동안 손짓 발짓으로 하는 나의 이야기를 모두 듣고 나서 이곳저곳 알아본 뒤 발권을 해주었다. 작

은 일에 몸부림친 나의 모습을 생각하면 지금도 부끄럽다. 당시에
는 차라리 오토바이로 이라크에서 한국까지 가는 게 더 쉬울 것이
라는 생각을 하였다.

15

생텍쥐페리의 마지막 비행

생텍쥐페리는 1944년 7월 지중해의 코르시카 쪽으로 작은 정찰기를 몰고 출격했다. 2차 세계대전의 마무리 시점에서 작가였던 그는 프랑스 공군에 입대하여 8시간 동안의 연료만을 주입한 채 그토록 그리던 상공을 날다 아직까지 돌아오지 않았다.

지중해의 한여름은 그날도 맑고 짙푸르고 뜨거웠다. 아침 8시 45분 생텍쥐페리는 그르노블-안시 정찰 임무를 띠고 이륙했다. 론 강 골짜기를 따라 정찰을 한 뒤 코르시카 기지로 돌아오는 고독한 정찰 비행이 시작된 것이다. 생텍쥐페리의 정찰기는 정오가 조금 지난 시각 니스 서쪽 상공에서 저공비행을 하고 있었다. 그러다가 바다 쪽으로 선회하여 해안선 저 너머로 사라졌다. 사라지기 전 그의 비행기는 안전 고도인 6천 미터보다 낮게 그리고 예정된 항로를 벗어나 비행하고 있었다 …. (중략) … 바스티야 북쪽 100㎞ 지점 코르

얼마 전 2차 세계대전 당시 조종사로 참전한 독일의 한 노인이 자신이 생텍쥐페리의 비행기를 격추시켰다고 했다. 생텍쥐페리의 비행은 그의 소설만큼이나 드라마틱하게 세계인들에게 여운을 남겼다. 그가 쓴 많은 소설들 가운데 백미로 평가받는 '어린왕자'와 함께 주목해야 할 또 하나의 소설이 '야간비행'이다. 자신의 최후를 스스로 예언이라도 한 것인지, 아니면 소설을 따라하려 한 것인지, 그가 자신의 미래를 적은 것이다.

모로코 라윤에서 북서쪽으로 자동차로 두 시간 가량 달리면 작은 시골 마을이 나타나는데, 이곳 마을 놀이터에 아주 작은 철제 비행기 모형이 세워져 있다. 생텍쥐페리가 마지막 비행을 하고 추락한 곳은 아닐 텐데, 마을 사람들의 말에 의하면 그의 비행과 사고사를 추억하기 위해 세운 작은 비행기라고 한다. 프랑스 사람들이 이곳을 방문하여 비행기 철제 모형을 세웠다고 하는데, 생텍쥐페리가 마지막으로 사라진 코르시카와는 다소 거리가 있는 곳이다. 전해지는 바에 의하면 철제 모형을 세울 당시 그의 죽음에 대한 정확한 사실이 알려지지 않아 바다에 추락한 것으로 추정하고, 이 지역이 지중해와 가깝기 때문에 선택했다고 한다.

▲ 아프리카 북부 사막지역 외진 마을에 세워진
생텍쥐페리를 기념하는 모형 비행기

서부 사하라의 하늘에 바람이 멈춘 날. 간혹 하얀 뭉게구름이 있지만 푸른 하늘은 아무 움직임이 없다. 바람마저 흔들리는 소리를 낼까 호흡을 멈춘다. 거기에 따사로움까지 함께할 때는 이 시간과 공간을 벗어나지 말아야 한다는 생각을 갖게 한다. 고요한 창공을 윙윙윙 고추잠자리가 날아다닌다. 웬 고추잠자리가 그리 많은지! 산화한 생텍쥐페리가 고추잠자리가 되어 창공을 날아다니는 것처럼 보인다. 아프리카 외진 마을에서 외롭게 날고 싶은 듯 매달려 있는 철제 비행기도 구전된 생텍쥐페리의 전설이 사실이라는 것을 입증해 주려는 듯 막 하늘로 날 것만 같다.

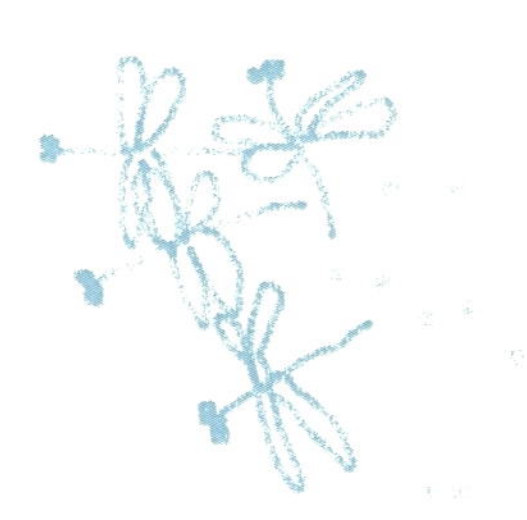

Ⅲ

이라크,
쿠르드와'의
인연

16

비운의 쿠르드족

▲ 아르빌 성채 박물관 입구에 세워져 있는 간판. 성채의 역사를 기록하고 있다.

해석 : 아르빌 성채. 가장 오래된 도시 아르빌은 타키야, 토프하나 그리고 사레이 3개 구역으로 구성되어 있다. 이 성채는 메소포타미아 시대와 선사 시대를 목격해왔다(BC 7000년부터 현재까지). 성채는 한때 앗시리아의 종교적 중심지였으며, 여신 이스타르는 도시의 가장 위대한 여신이었다. 앗시리아의 왕인 쉐나쉬리브는 바스토라 북쪽 22Km로부터 매우 정교한 도수관을 이용하여 성채에 물을 제공했다. 오르벨림이라는 이름은 안디오티에스의 주 기관이라는 수메리안의 글귀에서 비롯되었다. 대대로 물려받은 재산은 성채를 발전시키고 복원하는 프로그램에 쓰이고 있다.

쿠르드족은 그 기원으로부터 오늘날까지의 역사가 너무나 길고 복잡하며 얽히고설켜 있어서, 세부적으로 파고들면 오늘날 그들의 정체성마저 혼란스럽게 만들 정도다. 세계사적 관점에서 민족주의가 이타적이고 비합리적이며 비현실적이라는 일부 이론도 있으나, 당장 나라 없는 민족 쿠르드족에게 이러한 이야기는 이방인들이 쉽게 떠들 수 있는 호사스런 잡담에 불과하다.

쿠르드족의 기원은 BC 3천 년까지 올라간다. 인류 4대 문명 중 하나인 메소포타미아 문명의 발달과 함께 현재의 이라크 북쪽 산악지역을 중심으로 수메르 문명이 태동했다. 이 수메르 문명의 중심 부족인 쿠틸(Qutil)을 현재의 쿠르드족 기원으로 보는 견해가 많으며, 일반적으로 쿠르드족을 수메르족의 한 분파로 분류한다. 수메르 문명과 메소포타미아 문명은 가까운 세력끼리 물리적 충돌이 있듯이 잦은 충돌을 하게 되는데, 그 와중에 지금의 러시아 남부지역으로부터 아리얀족이 남하하여 쿠틸 부족과 섞이게 된다. 이렇게 형성된 새로운 형태의 부족은 세력을 확장하여 BC 7세기에 메대 왕국을 세운다. 이 메대 왕국의 게릴라 '카라'가 지금의 쿠르드족 죽음의 전사 '페쉬메르가'의 기원이다. 메대 왕국은 다시 페르시아 아케메디드조에게 넘어가게 되며, 메대 왕국의 쿠틸 부족은 이란의 기원인 페르시아 문화를 공유하면서 동화되어 또다시 새로운 형태의 정체성이 형성된다. 이 시기에 이들은 조로아스터교를 숭배하고 페르시아 문화를 적극 받아들이면서 서쪽의 그리스, 로마와는 전혀 다른 형태로 민족의 특징이 형성, 발전한다.

BC 3세기 무렵 쿠르드족이 포함된 페르시아 세력이 확장되면서

파르티아 제국을 건설하는데, 이때 쿠르드족 지분도 확대되어 파르
티아 제국의 연방 안에서 몇 개의 자치국을 형성하는 특권을 누리
게 된다. 자이툰 사단이 거주했던 이라크 북부 아르빌에도 이때 아
디아벤(Adiaben)이라는 쿠르드족 자치부락이 형성되었다.

　이후 파르티아 제국이 로마와 치고받는 지루한 싸움을 벌이다 패
망하자 쿠르드족은 지금의 이라크 북부 자그로스(Zagros) 산맥 일
대에서 터키 지역 서아시아의 끝 아나톨리아로 대규모 민족 이동
을 한다. 이 일대에서 삶의 터전을 형성하다가 중세에 접어들어 이
슬람 문화가 아랍 세계를 장악함에 따라 쿠르드족들의 생활공간
도 아랍인들에게 정복당해 많은 쿠르드 인들이 이슬람으로 개종
한다. 이후 복잡한 아랍의 역사와 함께하게 된 쿠르드족은 지금의
터키 전신인 오스만 제국의 지배를 받게 된다. 11세기 말 쿠르드족
은 오스만 제국의 세력 경쟁에 적극 협력한 공로로 반(Van) 호수와
자그로스 산맥 일대에 쿠르디스탄 주 자치를 인정받게 된다. 그러
나 오스만 제국의 분열과 통합, 전쟁을 겪으며 나라 없는 쿠르드족
은 그때그때 서아시아 세력 다툼에 따라 이리저리 흩어지고 찢어져
서, 결국 통합된 국가를 형성하지 못한 채 자그로스 산맥과 서아시
아 산악지역을 쫓겨 다니며 군소 단위로 명맥만 유지하면서 근대까
지 이어져 온다. 이러한 나라 없는 쿠르드족은 19세기까지 터키, 이
란, 이라크, 소비에트 주변에서 유랑을 한다. 유럽과 아시아의 길목
에서 수많은 약탈과 침략을 받으며 수천 년 견뎌온 쿠르드족은 20
세기 초반 오스만 제국과 전쟁을 벌이는데, 이때 소비에트 공화국의
지원을 받으며 현대사에 다시 등장한다. 2003년 이라크 전쟁 이후

쿠르드족은 내부적으로는 나라 없는 비운의 민족사를 그만 쓰려는 시도를 계속하며, 지도자들을 중심으로 양대 세력인 KDP와 PUK 간 전쟁도 중지하고, 이라크 내 쿠르드 지역의 석유를 이용한 부의 축적과 정치적 지분 확대를 끊임없이 도모하고 있다.

이라크 아르빌 중심에는 성채(capital)가 있다. 평지를 기준으로 보면 성채의 고도는 그리 높지 않지만, 오랜 옛날 외부의 적들이 공격할 때 아르빌 일대 쿠르드족들은 이곳에 들어가 항전을 계속했다고 한다. 그 규모로 보아 작은 구릉을 이용하여 인공적으로 쌓았을 것으로 추정된다. 현지 주민들의 말에 의하면 세계에서 가장 오래된 인간의 거주 지역이라고 하는데, 실제 건축은 BC 2300년경 수메르 인들에 의해 축조되었다는 설이 유력하다. 성곽의 둘레는 약 1.2㎞이고, 지금도 약 4천여 명이 거주하고 있다.

아르빌은 이 성채를 중심으로 타원 방사형 도시를 이루고 있는데, 도시의 외곽에는 사담 후세인의 공격을 저지하고 테러 세력의 진입을 막기 위해 거대한 도랑을 파두었다. 그것을 '해자'라고 부른다. 성채의 한가운데는 쿠르드족의 문화를 보여주는 작은 박물관이 있다. 박물관 입구 작은 돌비석에는 BC 7000년부터 이 성채가 존재했다고 기록되어 있다. 박물관은 그들끼리 말하는 박물관일 뿐, 조그마한 집에 쿠르드족 전통의상과 농기구들을 외부인들이 구경하도록 전시되어 있는데 왜소하고 조금은 조잡했다. 지금은 이 성채 안에 살고 있는 사람들 대부분 가난한 계층으로 성채의 문화적 가치보다 가난한 사람들의 피난처 또는 성채 외부 사람들과 구분 짓기 위한 장벽 정도로 아르빌 시민들에게 인식되고 있다.

쿠르드족은 독특한 외모를 가지고 있으며 오랜 기간 고유의 문화를 가진 민족이라고 스스로 자랑한다. 이러한 자부심과 자랑에는 구성원들에게 다른 민족과의 차별성을 인식시켜 이탈을 막고 결속을 강화하려는 목적도 들어 있다. 실제로 독특한 외모라고 이야기하지만, 아랍인들과 크게 구분되는 점을 잘 느낄 수 없었다. 쿠르드 자치정부 신자리 내무부 장관은 쿠르드족의 차별성에 대해 질문하면 구체적인 내용을 말하기보다는 "앱설루트리(Absolutly)!"라고 하면서, 확연하게 구분되며 아랍인과 완전히 다른 인종이라고 강조한다. 쿠르드족의 말에 의하면, 아랍인 테러리스트가 이라크 북부 지역에서 테러를 자행하기 위해 쿠르드족 거주지인 아르빌로 들어올 때는 외곽 초소 근무자들이 생긴 외모만 보고서도 쿠르드족인지 아닌지 바로 체크가 가능하다고 한다. 코가 조금 큰가? 눈 색깔이 조금 다른가? 수염이 더 꼬불꼬불한가? 쿠르드족끼리 맡는 후각, 미각이 따로 있나? 오랜 기간 많은 민족과의 교류로 희석된 그들 고유의 외모는 그들이 아무리 고유의 특징이 있다고 강조하지만 내게는 별로 특징적으로 보이지 않았다.

오랜 기간 고유한 민족을 유지해온 쿠르드족의 자부심을 보면서 단일민족이 단일국가를 만들어 살아가는 경우를 생각해 본다. 통계적으로 다민족, 다문화, 다원화 사회가 만든 국가들이 단일민족이 형성한 국가들보다 경제적으로 더 부강하다. 우리나라는 단일민족이 만든 국가이지만 서구의 미국이나 동양의 중국은 다민족 국가다. 이러한 관점에서 볼 때 쿠르드족이 국가를 가질 때까지 민족이라는 유효기간이 많이 남은 것처럼 고집하는 것은 고슴도치와 같은 미래가 될 수도 있다는 생각이 든다. 밖으로 잔뜩 가시를 세우고 조화로운 세계로부터 멀어져 가는 경우이다. 쿠르드족의 미래를 위해서는 종족 개념에 집착하기보다는 어느 국가에 귀속된 'one of them(그들 가운데 하나)', 즉 이라크 또는 다른 국가에 포함된 어느 한 민족이라는 생각을 가지는 것이 현명한 방법이 아닐까 싶다. 특히 이라크의 경우 아랍 민족과 쿠르드족, 이슬람 수니파와 시아파가 혼재된 상황에서, 수니파인 이라크 쿠르드족의 미래는 이라크의 일부가 되었을 때 '고슴도치'를 면할 수 있을 것이다.

쿠르드족의 대부분은 이슬람 수니파다. 그러나 아르빌 정보기관 사람들의 말에 의하면, 쿠르드족은 과거에 조로아스터교를 신봉했기 때문에 실제로 이슬람에 대한 종교적 신념은 그리 강하지 않다고 한다. 라마교와 함께 인도를 중심으로 좌우 대륙으로 흩어진 조로아스터교는 본래 페르시아가 그 발원지로서 지금도 15만여 명의 신도들이 있다고 한다. 일본인 작가 시오노 나나미의 『로마인 이야기』를 빌리자면, 고대 로마는 개인별, 가구별로 각각의 종교가 있었고 약 20만 개의 우상이 있었다. 각자의 집에서 호랑이님, 사자님, 해바라기님, 콩나물님, 산채볶음밥님 등 종교에 대해서는 철저하게 자신의 취향과 철학을 인정하는 사회였다. 그리스도교가 나타나기 전까지 로마는 다신교 사회였다. 미국 드라마 '알렉산더'에서도 전장에 나가기 전 전장의 주연, 조연들이 집안의 어떤 물건에 기도를 한다. 당시 로마인들의 종교관을 간접적으로 보여주는 장면들이다. 조로아스터교는 오래 전 한국인들에게 이교(異敎)의 대명사로 암기되었다. 우리나라 3대 종교가 아닌 것은 모두 이단이었다. 특히 라마교, 조로아스터교는 대표적인 이단이었다.

　중동을 묶는 주요한 종교는 누가 뭐래도 이슬람이다. 수니와 시아로 구분되어 투쟁을 계속하고 있지만, 쿠르드족은 이러한 종교적 결속에 크게 신경을 쓰지 않는 분위기다. 오직 민족적 유대감만이 그들을 지키는 유일한 수단이고 목적이라고 생각하는 것 같다.

▲ 이라크 북부 쿠르드족들의 일상

▲ 성채

▲ 성채 박물관내 쿠르드 전통 가구 및 의상

17

탈레바니와 바르자니

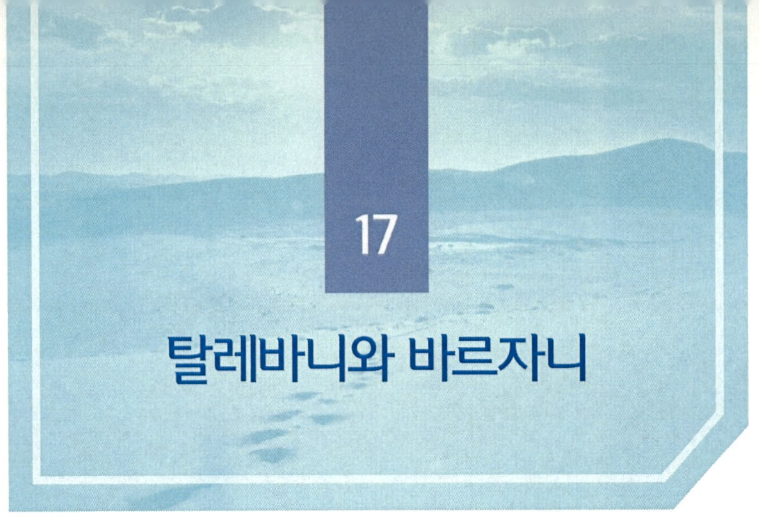

▲ 탈레바니 이라크 대통령(좌)과
바르자니 쿠르드 자치정부 대통령(우)

세계 각지에 흩어져 살고 있는 쿠르드족 인구는 약 2700만 명 정도로 추산된다. 그들은 이라크, 이란, 터키를 비롯하여 카스피 해 일대 국가에 주로 그들끼리 집단을 이루어 살고 있다. 이라크 쿠르드족은 약 600만 명 정도로 추산되는데, 이들 이라크 쿠르드족이 세계 각지에 흩어져 있는 쿠르드족의 중심으로서 가장 세력화, 조직화되어 있다. 뿐만 아니라 2003년 이라크 전쟁 당시 미군의 절대적인 지원 아래 후세인 정권을 무너뜨리는 데 결정적인 역할을 했다. OIF 당시 미군이 이라크 북쪽에서 남쪽으로 진격할 때 쿠르드족은 그들의 용맹스런 전사 '페쉬메르가'를 미군들과 함께 전선에 적극 투입시켜 돌파구를 확장하고 바그다드까지 진출했다. 이들이 전쟁에 참가한 데는 후세인 정권을 무너뜨리고 OIF 전쟁 참여를 통해 이라크 내 쿠르드족의 위상을 높이려는 그들 나름대로의 계산이 있었다. 미국은 미국 나름대로 미군의 희생을 최소화하면서 전쟁의 목적을 달성하기 위해 북부 쿠르드족을 가장 선두에 세워 이라크의 중심으로 진출하고자 했던 것이다. 쿠르드족과 미국의 이익이 서로 들어맞은 것이다. 결국 후세인 정권을 붕괴시킨 미국은 많은 희생을 감수하고 싸워준 쿠르드족에게 언제나 반대급부를 지불해야 할 빚이 있었다. 이라크의 새로운 정부가 수립되면서 쿠르드족은 지분을 시아파, 수니파와 함께 1/3을 차지할 수 있게 되었다. 이라크 이슬람 시아파에서 총리가 임명되고, 쿠르드족에서 이라크 대통령이 임명되었다. 새 정부의 초대 대통령은 쿠르드족 출신 잘랄 탈레바니다. 쿠르드족은 2003년 후세인 세력이 제거되면서 이라크 북부 자치정부의 대통령 선출을 서둘러, 2005년 그들의 자치정부 KRG 대통령으로 마수드 바르자니를 선출한다. 그는 이라크 탈레바니 대통령과 함께 주목해야 할 인물이다. 이라크 대통령 잘랄 탈레바니와 쿠르드족 대통령 마수드 바르자니는 쿠르드의 상징으로서 후세인 이후 이라크 쿠르드 사회의 전면에 나서게 된다.

21세기 쿠르드족의 정점에 있는 이들 인물의 출현과 관련한 쿠르드족의 역사는 20세기 초반까지 더듬어 올라가야 한다. 나라 없는 쿠르드족의 정신적 지주였던 무스타파 바르자니는 1904년 바르자니 패밀리의 집성촌 이라크 북쪽 바르쟌 마을에서 출생하여 서른이 될 때까지 오늘날 터키의 전신인 오스만 투르크, 이라크와의 투쟁 기간을 거쳐, 그를 추종하는 쿠르드 전사 페쉬메르가와 함께 소비에트 공화국으로 망명하여, 소비에트로부터 장군 칭호를 부여받는다. 그는 소련에서 망명 활동을 하며 쿠르드 민주당(KDP)을 창당한 후, 1958년 페쉬메르가를 거느리고 이라크로 다시 귀환한다. 이 시기부터 무스타파 바르자니는 이라크에서 쿠르드족의 부활을 꿈꾸며 투쟁하고, 한편으로는 이라크와 협상을 병행하면서, 이라크 북부지역에 쿠르드 자치정부의 기틀을 다지려 한다. 그러나 후세인과의 전쟁으로 1975년 그는 다시 이란으로 망명한 후 건강이 악화되어 1979년 사망하였다.

현재 KRG 대통령 마수드 바르자니는 무스타파 바르자니의 둘째 아들이다. 형 이드리스 바르자니가 일찍 사망하자 둘째인 마수드 바르자니가 아버지를 승계하여 이라크 쿠르드족을 이끌어간다. 그는 아버지와 함께 1975년 이란으로 망명했는데, 아버지가 사망한 이후 러시아, 미국 등을 떠돌다가, 1991년 1차 걸프전에서 후세인 세력이 약해진 틈을 이용하여 다시 이라크로 귀국하고 KDP를 이끌어간다. 마수드 바르자니가 이란으로 망명할 무렵인 1975년은 이라크 쿠르드족의 정체성 형성에 중요한 분기점이 되었다. 마수드 바르자니는 1991년 귀국 후 그들과 갈라선 PUK 세력을 제거하기 위해 1996년 후세인과 대타협을 한다. 이때부터 KDP와 PUK는 동족 간에 끔찍한 내전을 치른다. 나라 없는 민족의 설움과 울분을 머금고 두 계파는 서로의 세력을 형성한 가운데 쿠르드족을 이끌 비전을 주장하면서 패권 싸움을 계속한다.

PUK로 분리를 주도한 잘랄 탈레바니는 쿠르드족 가운데 자수성가한 대표적 인물로서 이라크 바그다드 대학교 법학과를 졸업한 수재이다. 그의 장인도 무스타파 바르자니와 함께 KDP에서 활동한 쿠르드족 지도자로서 영부인 헤로 칸의 부친이다. 헤로 칸은 쿠르드족 대표적 명가 아하마드 패밀리의 딸로 태어나 어릴 때 이미 청바지를 입고 생활했다. 이라크 여성들이 히잡을 뒤집어쓰고 있을 때 그녀는 이미 서구에서 유학한 개화된 여성이었다. 그녀는 곧 일흔을 바라보지만 방송국을 직접 운영하는 등 이라크 북부에서 적극적인 사회활동을 하고 있는, 세계 각국의 문화에 대한 조예가 깊은 이라크의 대표적 인텔리 여성이다.

잘랄 탈레바니는 본래 KDP의 당원으로 무스타파 바르자니와 노선을 함께했다가, 1966년 무스타파 바르자니와의 불화로 KDP를 탈당했다. 이후 쿠르드 분리 독립을 위해 활동하다가 1975년 PUK를 창당, 이때부터 후세인과 대립각을 세우며 이라크 내 쿠르드족 무장 세력을 규합하여 맞선다. 1988년 후세인이 쿠르드 지역을 화학 무기로 공격하자, 잘랄 탈레바니는 이란으로 그의 군사들을 이끌고 망명한다. 이때 15만 명의 PUK 당원과 죽음의 전사 페쉬메르가 2만여 명이 탈레바니를 추종했다. 잘랄 탈레바니에게는 두 명의 아들이 있는데, 장남은 현재 미국에 거주하고 있으며, 둘째 아들 파울은 자이투니아와 함께 대테러 업무를 담당했던 대통령 직속 대테러국 CTG 국장이다.

2005년 이라크 신정부가 쿠르드족 지분으로 잘랄 탈레바니를 이라크 대통령으로 임명할 때, 과거에 잘랄 탈레바니에게 총구를 겨누었던 마수드 바르자니가 이끄는 KDP도 탈레바니의 대통령 임명을 적극 지지했다. 서로 내전의 상처는 있었지만, 이들 두 명의 지도자는 이제 쿠르드족의 지분을 넘어 나라 없는 민족의 한을 풀기 위해 합종연횡은 물론 물리적, 화학적 통합을 시도하고 있는데 그 성과도 상당하다고 한다. 그러나 미군이 철수하고 있는 2010년 현재의 불안한 이라크 정국은 쿠르드족의 미래도 불안하게 하고 있다. 쿠르드족의 역사는 현재의 살아 있는 역사로서 미래를 가늠하기 힘든 진행형으로 봐야 하겠다.

18

헤로 칸을 만나다

헤로 칸은 이라크 대통령 영부인을 호칭하는 일종의 대명사로서 이라크에서 통용되는 단어다. 헤로 칸에게는 두 명의 아들이 있는데, 둘째 아들 파울 탈레바니가 대통령 직속의 대테러국 CTG를 관장하고 있다. CTG는 대테러국(Counter-Terrorism Group)을 의미하는데 알 카에다를 비롯해서 중동, 유럽, 아프리카 지역 테러 세력에 대한 정보를 수집, 관리하는 특수기관으로 이라크 대통령인 탈레바니의 직속 부서다. 이 기관은 대테러전을 기획, 조정, 수행하며 그들이 양성한 전사들을 테러 조직 깊숙이 심어 두기도 하고 순 정보와 역 정보를 이용하여 작전을 수행하기도 한다.

파울 탈레바니의 사촌인 라울 탈레바니는 탈레바니 대통령의 조카로서 CTG를 실질적으로 운영하는 실세다. 그의 우수한 참모 롯시니는 작전부장으로서 걸어 다니는 컴퓨터라는 별명을 가지고 있다. 그의 명석한 두뇌는 CTG에서도 자랑이며 자부심이었다. CTG

는 이라크 정부의 공식 조직은 아니지만, 쿠르드 사회에서는 그들의 생명을 지키는 조직으로 인정받고 있다. 일반적인 정부 편성이나 조직으로는 이러한 조직에 대해 설명하기가 복잡하지만, 쿠르드족의 페쉬메르가가 민병대 성격임에도 정규군 역할을 하듯, 이들 CTG도 탈레바니 대통령의 지시를 받으며 중앙정부와는 조금 동떨어진 시공간적 위치에서 활동한다. 탈레바니 대통령이 직접 운영한다고 이해하는 것이 CTG를 설명하기에 가장 적합할 것이다. 오랜 전쟁을 통해 형성된 그들의 생존 방식을 이라크의 새로운 정부에서도 암묵적으로 인정하고 있으며, 이러한 조직들은 이라크라는 특수한 환경에서 당연시되고 있다고 해도 과언이 아니다.

탈레바니 대통령은 공식적인 이라크 대통령 경호실의 경호를 받고 있지만, 가장 믿을 수 있는 것은 역시 부족, 혈족을 중심으로 한 조직인 것이다. 대통령의 경호, 치안, 대테러 임무의 중심에 바로 대테러국 CTG가 있다. CTG는 이라크를 테러 세력으로부터 보호하는 것도 그들의 중요한 임무이지만, 탈레바니 대통령의 특명 수행도 중요한 임무다. 2005년 말 CTG 본부를 방문하여 그들의 조직원들이 미군들의 훈련 지도를 받고 있는 모습을 운 좋게 볼 수 있었다. 술래이마니아 산맥을 정면으로 바라보고 권총 연습을 지도하는 미군과 CTG 여전사의 모습이 인상적이었다. 실제 전장에 투입하기 위한 전사들의 훈련을 보면서 싸움 준비는 구호도 고함도 아닌, 직접 행동으로 수없이 반복 연습하는 것이라고 잠시 생각했다. 엉망인 무장 상태와 허름한 복장으로 볼 때 전혀 군기가 없을 것 같지만, 항상 방아쇠울에 손가락을 집어넣고 있는 그들을 보면 내가 입고 있는 방탄조끼가 너무 무겁게 느껴진다. 나의 허리춤에서 따라 다니는 권총, 삽탄한 9㎜ 실탄, 어깨에 달라붙은 K-1 소총, 5.56㎜ 실탄. 정의로운 명분으로 싸워 보는 것이 무기의 건강을 위해서도 좋을 듯한데, 우리 군의 전투병 파병이 언제쯤 실현될 수 있을까 하는 생각도 해본다.

2005년 가을. 그때까지만 해도 정체가 완전히 확인되지 않은 CTG로부터 술래이마니아를 방문해 달라는 요청이 왔다. 아르빌에서 한참 떨어진 작전지역을 벗어난 생소한 곳으로 일면식도 없는 사람들을 만나야 하는 것은 새로운 도전이자 모험이었다. 헤로 칸이 그녀의 아들과 작전을 함께하는 코리언에 대한 궁금증 때문에 대통령궁까지 우리 일행을 초청한 것이다. 페쉬메르가인 쿠르드족 '사호'를 통해 CTG와 헤로 칸의 의사를 우리에게 전달해왔다.

'사호'는 쿠르드족 페쉬메르가 출신으로 이라크 북부 PUK 소속 연락장교다. 그는 2005년 여름에 우리와 만나 서로의 신뢰를 확인한 이후 2010년 지금까지 형제와 같은 관계를 형성하며 지내고 있다. 그의 헌신적인 노력으로 한국군은 부대방호와 개인방호를 위한 각종 첩보를 적시에 제공받았으며, 자이툰 파병기간 내내 중요한 역할을 담당했다. 지금은 이라크 북부 석유와 관련한 업무에 종사하며 쿠르드족 페쉬메르가를 겸하고 있다.

여름, 가을 동안 계속 그들의 정체를 확인했지만 확신이 서질 않았다. 드디어 2005년을 넘기면 없었던 것으로 하자는 CTG의 최후

통첩을 받고, 그들을 만날 것인가 말 것인가 하는 판단의 중심에서 그들과 접촉해 보기로 최종 결심을 했다. 술래이마니아까지 둔탁한 방탄 차량을 타고 앞뒤 정체 모를 무장 세력들로부터 호위를 겹겹이 받으며 굽이굽이 산맥을 넘어갔다. 술래이마니아 초입에는 생포한 알 카에다를 비롯한 테러리스트들을 수감하기 위한 거대한 교도소 공사가 진행 중이었다.

▲ 술래이마니아 가는 길에 테러리스트를 감금하기 위한 교도소 공사가 한창이었다.

술래이마니아 산맥의 칼바람을 맞으며 몇 길의 낭떠러지를 아슬아슬하게 비켜 지나 미지의 땅으로 갔다. 몇 시간을 달려 넓은 평원에 자리 잡은 거대한 도시 술래이마니아의 중심에 있는 쿠르드족 민병대 페쉬메르가 사령부 건물 내부로 들어갔다. CTG 본부가 이곳에 함께 있었다. CTG 주요 직위자들과의 첫 만남은 이렇게 해서 이루어졌다. 우리가 가지고 간 가벼운 이야기부터 무거운 이야기까지 두루 마친 뒤 다시 대통령궁으로 이동하여 헤로 칸을 만났다.

2005년 12월 30일. 이 날을 시작으로 우리와 CTG와의 관계는 더욱 성숙해졌다. 자이툰 사단과 이라크 대통령 패밀리와의 인연 또한 이를 계기로 시작되었다. 처음 만난 헤로 칸은 각국 문화에 관심이 많은 강인한 인상의 여성이었다. 많은 이야기를 나눈 뒤 우리 일행은 각종 요리가 즐비한 오찬을 대접받았다. 방송국을 직접 운영하는 헤로 칸은 한국의 문화, 예술에도 많은 관심을 가지고 있었으며 아들인 CTG 국장 파울 탈레바니로부터 들은 동방의 작은 나라에서 온 이방인들에게 호기심 어린 시선을 멈추지 않았다.

　헤로 칸은 말과 행동을 통해 무척 자유스럽고 개방적이라는 인상을 풍겼다. 그 후 그녀는 우리와의 만남을 계기로 자신의 아들이 운영하는 CTG를 통해 직적, 간접적으로 자이툰 사단을 도와주었다. CTG 마찬가지 자이툰의 안전을 위해 남다른 노력을 기울여 주었다. CTG 요원 수백 명 가운데 일부 전사들은 한국군의 안전을 위해 적지에서 직접 첩보를 수집했다. 또 CTG의 주요 직위자들은 이라크에서의 한국군의 헌신적인 활동을 높이 평가하면서 잘 쌓은 인연이 계속되길 희망했다. 그들은 지금이라도 우리가 어려울 때 달려와 줄 수 있는 형제요, 친구들이다. 시간이 꽤 흘러 진한 감동과 따뜻한 우정이 우리끼리의 이야기로 세월에 묻혀가고 있지만, 잊지 않고 지내는 소수의 자이투니아가 있어 다행스럽다. 2005년 말 깔끔하게 다가오지 않았던 복잡한 상황에도 호흡을 함께한 자이투니아. 그들은 미지의 세계를 돌파하기 위해 아슬아슬한 위험을 수차례 넘기며 끊임없이 도전한 진실로 용기 있는 군인들이었다.

이라크 대통령의 초대

▲ 이라크 대통령 잘랄 탈레바니.
2010년 재선되었다.

2006년 4월 어느 날 저녁 8시. 이라크 북부 쿠르드족 PUK의 근거지라고 할 수 있는 술래이마니아에서 전화가 왔다.

"내일 탈레바니 대통령이 바그다드에서 술래이마니아 관저로 돌아온다. 대통령께서 자이툰 사단장을 관저로 초청하고 싶어 하는데, 가능한지 확인해 달라."

그때까지만 해도 우리와 술래이마니아와의 관계가 자이툰 내에 잘 알려져 있지 않은 데다 우리의 보이지 않는 활동이 크게 주목받지 않았기 때문에 우리를 통해 연락이 오리라고 생각지 않았었던 것 같다. 30여 개국의 다국적 군이 활동하고 있지만, 이라크 대통령이 현지 지휘관을 초대하기는 자이툰 사단이 처음이자 마지막이었다. 자이툰 사단은 이라크 대통령의 초청을 받고 바쁘게 움직였다. 바그다드 MNC-I 사령관은 자이툰 사단장의 보고를 받자 바로 대통령궁 방문을 승인해 주며 미군 헬기 2대를 지원해 주기로 했다. 미군들도 "자이툰은 그들의 임무를 초과 달성했다(exceed)."라고 했듯이 자이툰의 성과는 이라크 대통령 탈레바니가 관심을 가지기에 충분했다. 우리의 친구 CTG가 대통령에게 적극 홍보해 준 효과도 컸다.

술래이마니아는 이라크 북동쪽에 있는 도시로 아르빌에서 헬기로 2시간 정도 소요된다. 술래이마니아 산맥을 넘는 미군 헬기는 심하게 부딪치는 바람으로 인해 앞으로 나아가지 못하고 잠시 동안 높은 상공에서 고추잠자리처럼 웨앵 멈추었다가, 다시 기울다가, 날개를 부스스 털다가, 조금 전진하다가, 또 비틀거렸다. 헬기에서 내려다본 산꼭대기는 한참 아래다. 심장의 불안감이 전이된 간질간질한 발가락을 몇 번 움츠린다. 헬기는 바람에 저항하다가, 지친 바람이 잠시 멈출 때를 이용하여 산맥을 어렵사리 넘었다. 만약 추락이라도 하면 어떻게 하나 하는 생각도 들었으나 이럴 때는 '오직 신만이 안다'는 의미의 '인샬라'를 되새긴다. 높은 고도의 광풍을 가로질러 헬기는 술래이마니아 대통령 관저에 인접한 헬기장에 사뿐히 내려앉았다. CTG 보좌관이자 대통령의 조카인 라울이 번쩍거리는 랜드크루즈 수십 대를 몰고 마중을 나와 있었다. 가벼운 인사를 마치고 우리 일행은 대통령 관저로 향했다. 관저 입구에는 대통령과 영부인 헤로 칸, 그리고 PUK 장관들이 자이툰 사단 일행을 기다리고 있었다.

탈레바니 대통령은 가누기 힘들 정도의 뚱뚱한 몸을 의자에 앉히고 계속 반가움의 인사와 자이툰의 경이로운 역할에 대해 칭송과 감사를 표시했다. 쿠르드 사람들이 자이툰을 만나면 주로 사용하는 멘트인 "쿠르드족은 산밖에 친구가 없었는데 자이툰이 이제 진정한 쿠르드의 친구가 되었다."라는 말을 탈레바니는 몇 번이나 반복했다. 함께 동행한 자이툰 사단 정훈 공보요원이 한국 내 자이툰 사단 철군 여론을 줄이고 자이툰 사단의 현지 활동을 홍보하기 위해 탈레바니 대통령에게 자이툰 사단과 코리아에 대해 한 말씀 해줄 것을 부탁했다. 탈레바니 대통령은 정자세를 하더니 약 10분 정도 분량의 인터뷰를 흔쾌히, 성의껏 해주었다. 그는 한국군의 계속적인 주둔이 필요하다며, 이라크 평화 재건을 위한 자이툰 사단의 그간의 노력과 성과를 구구절절 막힘없이 이야기했다. 컷! 이 정도 분량이면 한국의 중앙 매체에 약 2~3분간 방송할 수 있고 한국 내 효과도 대단할 것으로 기대되었다. 그러나 당시 국방부에서는 터키와 쿠르드와의 관계를 고려할 때 쿠르드족 출신 대통령의 인터뷰를 방송하는 것은 적절하지 않다고 판단했다. 그 외에도 여러 가지 우리가 알 수 없는 이유로 이라크 대통령의 인터뷰는 '자이툰의 이야기'로 끝나버렸다. 우리가 필요로 하는 단어가 흠뻑 들어간 탈레바니 대통령의 인터뷰. 지금도 나는 이라크 대통령을 쿠르드족과 연관 지어 왜 그 좋은 기회를 활용하지 못했을까 하는 생각을 한다. '불발'에 대한 아쉬움이 상당하다.

　탈레바니 대통령은 전속 요리사를 대동하고 다닌다. 우리를 초대한 그 날은 바그다드에서 술래이마니아 관저로 전속 요리사를 데리고 와 자이툰 사단 일행을 위해 많은 음식을 준비했다. 큰 물고기의 하얀 부레에 음식물을 다져 넣은 요리, 대자브 강에서 잡았다는 물고기, 칠면조, 닭들의 누드쇼와 진기하고 처음 보는 음식들이 즐비했다. 아마 손님에게 한 상 차려 대접하는 것이 쿠르드족의 문화인 모양이다. 맛을 느끼기보다 수많은 요리와 그들의 정성스런 접대, 대통령과 영부인이 직접 우리들의 접시에 음식을 담아 주는 친절함, 이 모든 것들은 자이툰 사단이 이미 이들에게 많은 감동을 주었기 때문에 이루어진 일이다. 그 날 오찬은 내가 겪어 본 적 없었던 특이한 경험이었다.

　그들의 정성스런 초청시간이 지나자 탈레바니 대통령은 관저를 방문한 자이투니아 한 명 한 명에게 작은 선물을 주며 친근감 있게 송별했다. 행사를 마치고 돌아오는 헬기에서 잠시 생각에 잠긴다. 보람을 위해 함께 최선을 다했던 자이투니아, 그들의 가슴속에 이라크 대통령의 초대는 깊고 진한 추억으로 남을 것이다.

▲ 이라크 대통령과의 만남

다훅 아사이쉬와의 결의

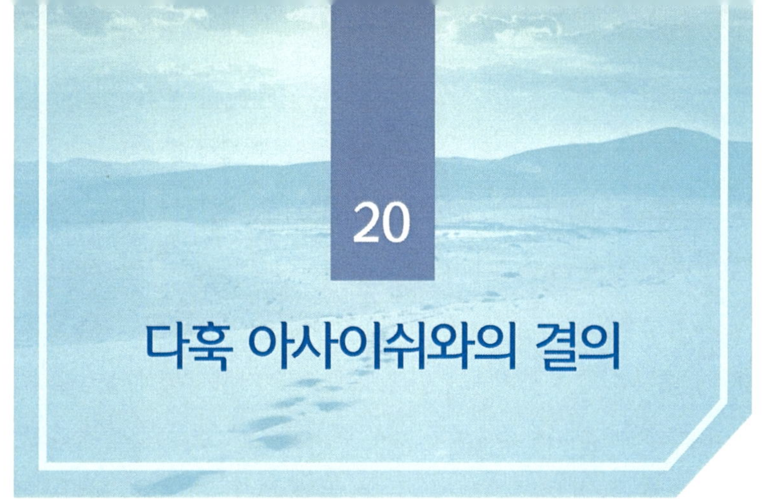

'신가리'는 머리칼이 희끗희끗한 이라크 쿠르드 자치정부 치안기관인 다훅 지역 아사이쉬 국장이다. 이라크에도 신씨(?)가 많다. 쿠르드 자치정부 내무부 장관 '신자리'를 비롯하여 자이툰 사단 한국군 신 대령까지. 아사이쉬는 이라크 쿠르드 거주 지역에서 주로 치안과 대테러 업무를 수행하기 위한 정보수집과 조사, 특수작전 등의 임무를 수행한다. 북부 이라크의 대부분의 쿠르드족 자치구역이기 때문에 이들의 권한은 막강하며, 민주적인 절차보다 고유의 노하우에 의해 운영된다. 다훅 지역과 아르빌 지역은 KDP가 통치하고 있는데, 모두 아르빌에 있는 아사이쉬 총국의 통제를 받는다. KDP 지역에서는 '아사이쉬' 하면 울던 아기도 울음을 멈춘다고 할 정도로, KDP 당 차원의 권력 유지와 치안을 위해 중요한 기관이다. 자이툰 초기 이러한 구조를 파악한 1진 자이투니아들이 이들과 교류한 것이 이후 5년간 자이툰 사단의 부대방호와 개인방호에 많은 기여를 했다. 실제 자이툰 사단은 아르빌에 거주하면서 동서남북으로 5년간 종횡무진 작전활동을 했으나 테러에 의한 인명 피해가 전혀 없었다. 이러한 피해가 없었던 근본적인 이유는 대테러 업무를 담당한 자이투니아들이 현지 치안·정보 기관과 긴밀히 협력한 결과이다. 이런 이야기도 있다. 자이툰 사단 5년간 아무런 테러 사고가 없었기 때문에 그냥 임무를 잘 수행하는 훌륭한 한국군 부대로 지나갔지만, 만약 치열한 전투나 테러 세력과 직접적인 전쟁이 있어서 사망자가 속출했더라면 테러와 군인을 바라보는 국민들의 상무정신이 지금과 같지는 않았을 것이라고. 분명한 것은, 긴박하고 우리 국민들을 불안하게 할 수 있었던 위협들을 잠재운 것은 보이지 않는 곳에서 대테러 정보를 수집했던 일부 자이투니아들의 헌신적인 노력의 결과라는 것이다.

아사이쉬는 다훅, 아르빌, 술래이마니아에 각각 지부를 두고 있다. 그동안 우리는 아르빌 아사이쉬만 상대하다가, 다양한 첩보 출처를 위해 다훅 아사이쉬의 협조가 필요해졌고, 그들도 우리와 함께 일할 것을 오래 전부터 희망했다. 그래서 우리는 바쁜 시간에 틈을 내서 아르빌에서 꽤 먼 거리에 있는 다훅 지역을 당일치기로 다녀오기로 했다. 오랫동안 바쁜 일상 때문에 몇 번이나 미루어온 숙제였다.

새벽 공기를 마시며 총기에 탄창을 삽탄하고 오늘도 무사하기를 기원했다. 두건을 덮어쓴, 산(山)만이 친구인 쿠르드 전사들의 호위 아래 낡은 닛산 방탄차량은 아르빌 지역 경계선을 지나 다훅 아사이쉬 지역으로 흙먼지를 일으키며 달렸다. 신가리 다훅 국장은 오랜 시간 산길을 달려온 우리 일행을 반갑게 맞이해 주었다. 방탄이 더덕더덕하고 무겁고 엔진소리 요란한 일제 닛산을 개조한 지프차의 둔탁함으로 우리 일행은 지쳐 있었다. 하지만 새로운 사람들을 만난다는 기대감이 앞섰다. 신가리 국장은 그들의 작전지역과 작전 결과에 따른 성과, 첩보수집 수단과 방법, 앞으로 우리와 함께 해야 할 일들을 직접 설명하고 안내해 주었다. 미군들에게는 악몽과 같은 모술 지역에서 그들의 임무와 역할, 성과에 대해 상세히 설명해 주면서 낡은 A4용지에 대테러전을 함께 하기로 상호 서명하며 결의했다.

짧은 방문이어서 시간이 촉박했으나 아사이쉬 신가리 국장과 직원들의 격의 없고 진심 어린 모습을 보면서, 우리와 만나기 위해 이들도 많은 시간을 기다리고 준비했음을 직감했다. 다훅 아사이쉬는 그들 나름대로 동양의 이국적인 용사들과의 역사적인 만남을 남기기 위해 비디오 촬영을 비롯하여 우리의 일거수일투족을 기록, 촬영했다. 다훅 아사이쉬 건물은 대리석으로 웅장하게 건축되었다. 바그다드에서 본 후세인들의 많은 궁들처럼 이라크 관료들이 선호하는 연한 황토색, 적갈색 대리석으로 건물을 마감했다. 건물 내부의 방들은 아마 일반 사무실과 식당, 운동기구가 있는 방, 출입이 금지되어 있는 별도의 사무실, 그리고 치안기관 고유의 업무를 수행하는 조사실 정도일 것이다.

우리 일행은 다훅 아사이쉬 주요 참모들과 첩보 토의를 마치고 1층 식당으로 이동했다. 그들이 준비한 음식은 푸석한 쌀에 노란 향료를 넣어 삶은 다음, 닭을 백숙처럼 삶아 밥 더미 안에 두고 닭에서 흘러 내려오는 기름으로 밥을 비비는 것이었다. 20여 명이 먹을 수 있을 정도의 테이블 위에 산처럼 밥을 쌓아 놓았다. 좌석 배치도 특이했다. 일반적으로 우리나라의 경우 식사를 하게 되면 제일 선임자가 중앙에 앉고 그를 중심으로 서열 순에 따라 좌우로 앉지만, 다훅 아사이쉬는 선임자인 신가리가 제일 안쪽에 앉았다. 제일 선임자가 자신이 먹을 양을 배식하고, 남은 음식을 옆으로 전달하여 그 부하들이 배식하고, 또 옆으로 이동하여 마지막까지 배식을 계속했다. 아마 산악에서 오랫동안 생활한 쿠르드족 생활방식 가운데 하나일 것으로 추정된다. 두목이 먼저 먹고 아래로, 아래로 넘겨주던 전통이 그대로 이어져 내려온 것일까? 제일 마지막에서 마지막 남은 음식을 먹는 사람이 가장 졸병으로 보인다. 신가리 국장은 손님인 우리 일행에게 직접 음식을 배식해 주면서 닭기름이 흥건한 맛있는 부분을 계속 권했다.

작은 공간에 설치된 탁구대도 닭만큼 세계화되어 있었다. 과거 미국과 중국이 탁구를 주고받으며 국교를 정상화했던 핑퐁 외교가 생각났다. 탁구는 전통적으로 동양인들의 운동인데, 이곳 이라크 북부의 황량한 도시에도 탁구는 세계화되어 있었다. 탁구는 쿠르 드족들이 즐겨 하는 운동 중의 하나라고 한다. 식사를 마치고 잡 담을 주고받은 뒤 신가리 국장과 탁구를 쳤다. 양국 응원단(?)의 열 렬한 응원을 받으며 신가리 국장과 나는 탁구공을 주거니 받거니 했다.

이렇게 우리는 다훅 아사이쉬 건물에서의 공식적인 활동을 마치 고 다훅 시내 주변을 둘러보았다. 조용하고 소박한 도시다. 곳곳에 건축한 지 얼마 되지 않은 건물들이 있고, 인공폭포를 비롯하여 이 제 막 도시를 발전시켜 웅비해 보려는 기운이 사방에서 느껴졌다. 늦은 시간까지 우리는 진한 우정을 느끼고 서로 공통점이라고 할 수 있는 '정(情)과 믿음'을 되새기며 아쉬운 작별을 했다. 다훅 신가 리 국장은 끝까지 다훅에서의 일박을 권유했지만, 돌아갈 길이 너 무 멀고 험해 발걸음을 재촉했다. 모술에서는 다훅 아사이쉬 요원 들이 특수 임무를 받아 미군들을 지원하고 있었는데, 우리의 만남 이후 다훅 아사이쉬는 자이투니아에게 모술 지역의 정보까지 가감 없이 제공해 주었다. 나중에 안 사실이지만, 이들이 아르빌 아사이 쉬보다 더 위험한 임무를 수행하며 모술에서 이라크와 터키 국경까지 관할하는 조직이었다. 나이 지긋한 다훅 국장의 쿠르드족 일생이 담긴 회한의 표정을 지금도 잊을 수가 없다. 시간이 흘러 그들과 다시 회포를 풀 기회가 있다면, 범세계적 문제보다 TV 프로와 음식, 남자와 여자의 일생에 대해 이야기해야겠다. 🖋

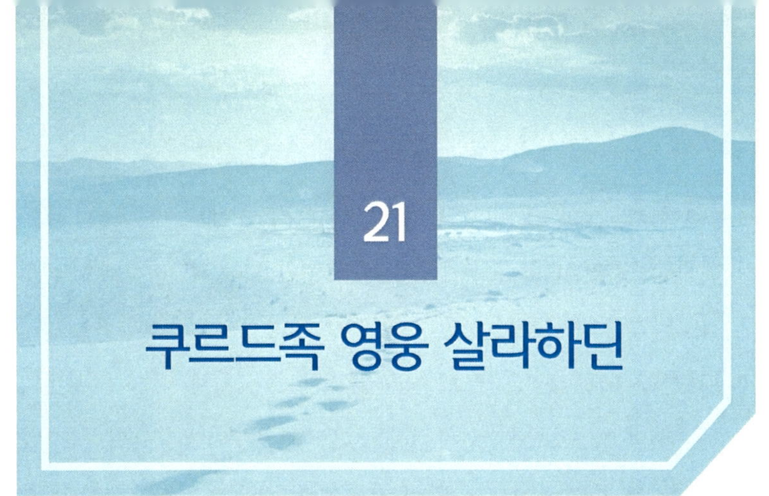

21 쿠르드족 영웅 살라하딘

▲ 곧 투입될 쿠르드족 전사들의 훈련 모습을 옥상에서 한 소녀가 지켜보고 있다.

영웅은 어느 나라에도 있다. 역사적으로 국가와 민족을 위해 헌신적인 행동을 하거나 표상이 된 인물을 우리는 영웅이라 부른다. 제대로 된 국민성을 가진 나라, 그들이 만든 영웅은 위기의 순간에 국민들을 단결토록 하고 어려움을 극복할 수 있도록 해준다. 이러한 영웅 가운데 쿠르드족에게는 살라하딘 장군이 전설적인 인물로 통한다. 그는 십자군 전쟁을 통해 동방으로 진출하여 세력을 확장하려던 기독교 세력에 대항한 이슬람 세력의 중심에 서 있었다. 제2차 십자군 원정 시 살라하딘 장군은 이들과 맞서 기독교 세력에 의해 점령되었던 예루살렘을 탈환했다.

살라하딘은 1137년 쿠르드족의 부유한 가정에서 태어나 지금의 시리아 다마스커스에서 성장했다. 그는 시리아의 군 지휘관을 한 삼촌 밑에서 참모를 하며 군인의 길을 가게 되었다. 그의 삼촌이 죽자 부족 중심의 쿠르드족 특성으로 인해 31세의 살라하딘은 삼촌을 계승하여 시리아 군사령관이 되고, 아울러 이집트의 총독이 된다. 이후 그는 이집트, 시리아, 팔레스타인을 비롯한 이슬람 세력을 하나로 묶어 종교와 영토의 통일을 달성하고, 그 일대의 이슬람 술탄, 즉 왕이 된다. 그의 영도 하에 이슬람 군대는 1187년 십자군 전쟁으로 함락된 예루살렘을 88년 만에 되찾고 십자군들을 궤멸시키면서 연전연승을 한다. 1192년 십자군 총지휘관인 리처드 왕이 본국으로 철수하자 살라하딘 장군도 그의 고향 다마스커스로 돌아간다. 하지만 오랜 전장 생활의 후유증으로 병마에 시달리다 사망한다. 그는 이슬람 지도자들이 가지는 절대 권력과 권위보다는 인정 있고 사려 깊은 보살핌으로 많은 존경을 받았다. 죽은 이후에도 그의 종교적 생활과 청빈한 유산에 이슬람 인들은 절대적인 존경을 표하며 전설적인 영웅으로 기억한다.

살라하딘 최고의 승전 기록이 담긴 예루살렘은 유대교, 기독교, 이슬람교의 역사가 고대에서 중세까지 뒤섞여 있는 도시로서 현대적인 관점에서도 중동 문제의 핵심 키워드이다. 예루살렘은 BC 3000년 전부터 인간이 거주했다고 한다. BC 1000년 이스라엘의 선조인 유대인들이 '다윗의 성'으로 부르면서 점령하기 시작하여, 이후 많은 민족과 종파들이 이 도시를 중심으로 통합과 분열을 겪었다. 로마의 종교가 기독교로 통일되면서 4세기 경 유대인들은 로마군에 의해 예루살렘에서 완전히 쫓겨나 나라 없는 민족으로 유랑하게 된다. 이후 예루살렘은 아랍의 이슬람 세력에 의해 정복되었다가 1099년부터 십자군 전쟁이 시작되면서 다시 기독교가 예루살렘을 정복하고, 제2차 십자군 전쟁에서는 살라하딘 장군이 예루살렘을 다시 탈환한다. 그 후 오스만 제국에 의한 400년간의 통치를 거쳐 1948년 이스라엘 건국과 함께 유대인들이 다시 예루살렘을 차지하는 복잡한 역사적 과정을 겪는다.

예루살렘 이야기는 이정도 하고 다음으로 십자군 전쟁은 11세기 말에서 13세기 말까지 약 200여 년에 걸쳐 기독교적인 시각에서 성지 팔레스티나, 지금의 팔레스타인 지역과 성도 예루살렘을 되찾기 위해 치른 길고 긴 전쟁이다. 교황의 이기심과 중세 상인들의 경제적 욕망, 농민들의 신분 탈피를 위한 투쟁 등 복합적인 요인들이 전쟁이라는 배출구를 통해 분출되었고, 그 과정에서 종교의 가르침과 신념보다는 중세 교회의 욕망이 뒤섞여 전쟁으로 치닫는다. 전쟁은 적을 살육하고 영토를 빼앗는 과정이지만, 다른 한 축에서는 계층, 권력, 종교, 이념의 다양한 목적성이 전쟁이라는 프리즘을 통해 굴절되거나 변형되곤 하는데, 십자군 전쟁은 신앙의 목적이 다른 동기로 변질된 대표적인 경우다.

영화 '킹덤 오브 헤븐(Kingdom Of Heaven)'에서 살라하딘 장군이 십자군과 전투를 벌인 장소는 현지인들의 말에 의하면 지금의 이라크 아르빌 서쪽 대자브 강이라고 한다. 물론 '킹덤 오브 헤븐'은 살라하딘의 일대기를 그린 영화가 아니다. 십자군의 선봉 발리안이 예루살렘까지 가는 과정, 그리고 공주와의 사랑, 사라센 제국과 살라하딘과의 전투, 뭐 이런 3종 1세트의 영화라고 표현하는 것이 적합하다. 역사를 영화로 가공하여 흥미진진하게 만들었으나 실제 발리안과 살라하딘 장군의 역할은 영화와 다소 동떨어져 있다고 한다.

대자브 강은 그리 폭이 넓지 않다. 고령토를 씻어낸 듯한 물과 곳곳에 골재를 채취하느라 파헤친 흔적들이 볼썽사납다. 이 물은 남으로 흘러 티그리스 강에 합류된다. 헬기에서 바라본 대자브 강은 길게 이라크 남쪽 고대 문명의 발원지를 지향하지만, 강폭도 강물도 영화나 이야기 속의 신비스러움이 전혀 없다. 살라하딘의 영웅적인 전쟁은 역사 속에 끝났지만, 여기 이라크에서는 여전히 새로운 전쟁, 대테러전이 계속되고 있다.

이라크 북부 아르빌에는 이러한 쿠르드의 영웅 살라하딘의 이름을 딴 살라하딘 대학이 있다. 2006년 살라하딘 대학의 대학생들과 이라크 재건에 관한 토의가 있었다. 자이툰 사단에 대한 대학생들의 호기심과 기대, 지지는 대단했다. 살라하딘 대학의 일부 교수들과 우리 팀과의 사이에 잠시 교류가 있었다. 이들 교수들 가운데 유럽이나 미국에서 박사 과정을 거친 석학들이 많이 있어 놀라웠다. 이들과 이야기를 나누면서, 이라크 북쪽 외진 곳에서 자신들의 민족을 위해 헌신하고 있는 쿠르드족 석학들은 쿠르드족의 미래를 준비하는 원동력일 뿐 아니라, 이라크 내 쿠르드족의 세력 확대를 위한 보이지 않는 힘이라는 것을 느낄 수 있었다. 모든 국내, 국제 관계의 보이는 현상은 항상 그 이론적 배경과 논리가 튼튼하게 뒷받침해 주어야 하는데, 이들 석학들이 그 역할을 하고 있었다. 십자군과 맞서 이슬람 세계에 긍지와 자부심을 심어 준 살라하딘 장군의 후손답게 살라하딘 대학의 학생들과 그들을 가르치는 석학들은 쿠르드의 미래를 짊어질 인재들이었다. 안타깝게도 이들 일부는 쿠르드족이지만 이라크 국적과 함께 스웨덴, 영국 국적을 가진 인원들도 많이 있다고 한다. 그러나 이중 국적을 반애국적인 모습으로 생각하는 고정관념이 문제일 뿐, 중동 대부분의 국가들은 이러한 이중 국적을 인정하고 있다는 현실도 생각해야 한다. 하지만 나라 없는 설움을 극복하려는 쿠르드족의 애국적 시도와 이중 국적은 왠지 서로 다른 방향으로 달리는 것 같아 개운치 않았다.

그러나 이러한 비관적인 모습만 있는 것은 아니다. 나의 또 다른 특별한 경험이 있기 때문이다. 이라크를 떠나기 전 정들었던 치안기관 간부들이 이별을 아쉬워하며 깜짝 송별행사를 마련해 주었다. 그들은 비록 오늘날 위험하고 척박한 환경에 살고 있지만, 그 옛날 살라하딘 장군의 후손으로서 언제라도 테러와의 전쟁에 뛰어들 수 있는 용맹스런 전사들을 끊임없이 양성하고 있었다. 그들은 그러한 전사들의 극한 훈련 모습을 내가 직접 사열할 수 있도록 해주었다. 이들 전사들은 쿠르드족의 자랑인 페쉬메르가의 후예들인데, 곧 이라크 키르쿠크 지역의 이라크 내 알 카에다 조직인 AQI와의 싸움에 투입될 예정이다. 사열이 끝난 뒤 내가 엄지손가락을 치켜세우며 감사의 박수를 치자 그들의 구호와 함성이 아르빌에 메아리쳤다.

그때의 그 강렬한 모습을 지금도 잊을 수 없다. 아마 900년 전 쿠르드족 영웅 살라하딘 장군도 죽음을 두려워하지 않는 이들 쿠르드족 전사들의 할아버지들을 이끌고 십자군에게 전율과 공포의 대상이 되어 중동의 전쟁터를 휩쓸었을 것이다.

▲ 사막 개구리를 입으로 물어뜯자 비린내가 사방에 진동했다.

▲ 태권도를 닮은 격파술과 화염 가득한 링을 통과하는 각종 시범들….
이들은 갓 들어온 신병들인데 이 훈련을 마치고 나면 곧 전장에 투입된다고 한다.
이 날 온도는 거의 50℃에 육박했다.

22

대량학살의 비극

▲ 이라크 남부에 학살되어 묻혀 있던 쿠르드족 운구가 아르빌 공항에 진열되어 있다.

2010년 1월 25일 이라크 정부는 '케미컬 알리'로 알려진 후세인의 사촌이자 심복인 '알리 하산 알 마지드'의 사형을 집행했다. 후세인 정권 당시 쿠르드족 대량학살을 직접 지휘한 그는 사담 후세인이 1987년 쿠르드족 인종청소라는 명목 하에 감행한 8차례의 '안팔 작전' 가운데 '할랍자 사건'으로 알려진 화학무기 사용의 중심에 있는 인물이다. 즉 이라크 북부 쿠르드족들이 살고 있는 지역에 신경가스, 사린 등 화학무기를 사용해 어린이, 여성을 포함하여 5천여 명을 집단학살한 장본인이다. 힐랍자 사건은 후세인 정권의 무자비함과 화학무기가 얼마나 공포스러운 결과를 가져오는지 보여주는 사건으로서 세계적으로 몇 안 되는 화학무기 사용 사례이다.

이라크 쿠르드족 대부분이 이라크 북부 산악과 연결된 다훅, 아르빌, 술래이마니아에서 생활하고 있다. 사담 후세인은 쿠르드족을 집단 거주지에서 이라크 전국으로 강제 이주시키고, 국제적 관심의 사각지역에서 대량학살을 자행했다. 특히 반정부 성향의 쿠르드족 수천 명은 남부 안바르 지역으로 끌려가 집단 학살을 당했다. 후세인 정권 몰락 후 쿠르드족은 이들에 대한 발굴 작업을 진행하고, 2006년에는 아르빌 공항에서 이라크 남부 안바르 지역에서 집단 학살된 쿠르드족의 장례식을 거행했다. 집단 학살된 사체 발굴 작업에서 우선 발굴한 800여 구의 사체를 아르빌 공항으로 옮겨 장례식을 거행했다. 이 날 장의행사에는 이라크 대통령 탈레바니, 자치정부 대통령 마수드 바르자니 등 쿠르드족을 대표하는 인물들이 대거 참석했다. 검정색 장의 복장, 영혼을 상징하는 붉은 꽃들, 쿠르드 지도자들의 눈물, 유가족들의 통곡 속에서 떠난 자들은 말이 없었다. 쿠르드족이라는 이유로 비명에 간 사람들. 2006년 장례식에는 21그램의 영혼만이 달랑거리고 있었다.

21그램 : 18세기 프랑스에서 유행했던 '플라지스톤 설'은 나무가
타면 재가 남고 플라지스톤이라는 물질이 날아가 버린다는 설로서,
실험 결과 인간도 죽고 나면 21그램의 플라지스톤이 영혼으로 날아

간다는 것을 발견했다. 이 설은 프랑스 화학자 라부아지에르가 잘못되었다고 실험을 통해 재반박했다.

인류의 대량학살 족적은 근대에 들어와 독일 나치의 홀로코스트로 알려진 유대인 학살 사건을 비롯하여 오스만 제국을 이은 터키의 아르메니아인 학살 사건, 국가 전체 인구의 5분의 1인 200만 명을 학살한 캄보디아 공산당 크메르 루즈에 의한 킬링필드 등이 있다. 우연히 대량학살 자료를 뒤지다가 끔찍한 사건을 발견했다. 잘 알려져 있지 않지만 주목할 만한 대량학살의 사례로 '테즈메니아인의 몰살'이 있다. 오스트레일리아에서 남동쪽으로 한참 떨어진 테즈메니아 섬 원주민들은 1만년 동안 외부와 고립되어 살았는데, 18세기 말 유럽 각국이 식민지를 확장하고 남반구 섬들에 대해 각종 포획과 남획을 자행하는 와중에 발견되었다. 5천여 명의 원주민들은 유럽인들에 의해 짐승 같은 취급을 받으며 대 살육을 당했다. 살아남은 200여 명만이 무인도로 추방되어 집단생활을 하게 되었지만, 거기서도 그들은 짐승보다 못한 생활을 하다가, 19세기 말 최후의 여자 1명과 남자 3명만이 생존하게 되는 비극적 운명을 맞는다. 결국 섬이 침탈된 지 100년 만에 테즈메니아 원주민은 남은 최후의 3명마저 사망하여 지구상에서 완전히 사라지고 만다. 그러나 유럽 백인들은 테즈메니아 원주민들이 유인원에서 현생 인류로 진화했다는 논리를 세워 마지막 죽은 사체마저 다시 땅에서 파내 신체의 일부를 연구용으로 또는 소장용으로 가져갔다고 한다. 죽이는 인간과 죽는 인간의 종말이 인간의 모습이 아니다. 이성이 증발한 인간은 동물과 다를 바 없다는 것을 역사는 이러한 사례를 통해 보여준다.

대량학살은 인간의 사회적 측면에 기인한 질투와 허구, 영예심의 발동이 그 원인으로 추정되기도 하고, 인간의 정치적 측면에서 그 원인을 짚어보기도 한다. 후세인 정권의 쿠르드족 탄압은 아마 인간의 정치적 측면에서 연구해야 할 대상이지만, 피해자의 입장에서는 가해자의 야수성, 사회성을 보아야 한다고 주장한다. 그러나 슬프게도 죽은 자는 말이 없다는 것이다. 오직 살아남은 자만이 원인과 결과를 재단할 뿐이다.

▲ 이라크 아르빌 공항에서 거행된 장례식 모습

IV

쫓고 쫓기는 자들의 싸움

23

테러의 아마추어적 관점

2005년 이라크 다국적군 사령부(MNF-I)는 이라크 동서남북으로 복잡하게 연결된 송유관을 경계할 수 있도록 새로운 부대를 편성했다. 테러리스트들의 연일 계속되는 송유관 시설에 대한 공격은 더 이상 방치할 수 없을 지경까지 이른 것이다. 물론 다국적군 사령부는 미군 주도의 사령부다. 많은 동맹국들이 참여하고 있지만 실제 작전은 미 합참, 미 중부 사령부로부터 전략, 전술적 지침을 받아 수행한다. UN의 이라크 제재에 대한 이행과 함께 미국의 이익도 그들에게는 중요한 임무다.

이라크 전쟁의 명분이 되었던 이라크 내 대량살상 무기의 제거는 이미 전쟁의 흐릿한 이유가 된 지 오래고 대량살상 무기의 발견을 초조하게 기다릴 필요도 없었다. 어차피 전쟁은 100% 원인과 이유를 쫓을 수 있는 것이 아니기 때문이다. 대량살상 무기는 미군이 철수하는 2010년까지 이라크에서 발견되지 않았다. 영화 '그린 존'에서 대량살상 무기 첩보가 잘못되었다고 따지는 주인공에게 미군 사령관이 "자네는 부여된 임무를 수행하면 되지, 임무를 분석하라는 지시를 받지 않았다."라고 한 대목은 미국의 이라크 전을 암시하는 인상적인 말이다.

송유관 보호는 이라크 전쟁의 드러나지 않은 중요한 임무다. 사담 후세인의 추종자인 사다미스트(Sadamist)들은 그들이 2003년 패전하기 이전 이미 이라크 전역 지하에 매설된 송유관의 배치도를 확보하고 있었다. 이들은 지하에 매설된 송유관의 위치를 정확하게 알고 이라크 신정부가 들어서기 전까지 다양한 방법을 동원하여 송유관을 타격했다. 송유관 보호는 미국의 이익과 함께 자원 전쟁에 매달리고 있는 30여 개 나라의 다국적군 국가들과도 직간접 관계가 있다. 송유관 보호가 대테러전의 명분은 아니었지만, 미국이 이라크 전을 치르는 한 가지 이유라는 느낌은 지울 수 없다.

테러리스트와 폭도의 차이는 간단하다. '정치적 목적을 달성하기 위해'라는 것으로 쉽게 차별화된다. 테러 집단은 국제 정치적 목적을 가진 무장한 단체들로서 이해관계에 따라 어느 날 갑자기 대테러 집단으로 변신하는 경우도 있다. 한때 미국과 손잡고 아프가니스탄에서 정권을 유지했던 탈레반이 그 대표적 사례다. 이제 이들 탈레반은 국제적으로 '공공의 적'이 되었으며 알 카에다와 함께 테러 집단의 대명사가 되었다. 탈레반은 1994년 아프가니스탄 학생 2만 5천 명으로 결성된 이슬람 정치 개혁세력이었다. 이슬람 수니파인 이들은 이슬람 국가 건설을 목표로 아프가니스탄에 과도 정부를 수립했고, 부정부패 추방, 반군 조직의 무장해제를 통해 국민들의 광범위한 지지를 받았다. 그러나 이슬람에 대한 엄격한 해석, 가혹할 정도의 여성 탄압, 이슬람 식 처벌, 불교 사원의 파괴 등으로 국제적인 비난을 받았다. 무엇보다 국제 테러 단체인 알 카에다를 이끄는 오사마 빈 라덴을 숨기고 그들을 옹호하다 2001년 미국과 영국으로부터 공격을 받고 무너진다. 이어서 아프가니스탄은 여러 종파가 연합한 임시정부가 들어서게 되고, 탈레반은 다시 아프가니스탄 곳곳으로 흩어져 약탈을 일삼으며 반정부 투쟁과 알 카에다와 연계한 테러 활동을 지금까지 하고 있는 것이다.

되짚어 보면, 1979년 12월 소련이 아프가니스탄을 침공하자 미국은 소련이 인도양까지 세력을 확대하는 것을 막기 위해 아프가니스탄에서 소련의 진출을 차단하기로 결정하고 아프가니스탄, 파키스탄 이슬람 무장 세력에게 엄청난 양의 무기를 지원해 준다. 1989년 소련이 아프가니스탄에서 2만여 명의 전사자가 발생하는 등 많은 희생을 치르고 철수할 때까지 미군은 그들의 대리전을 치르는 중앙아시아 무자헤딘, 탈레반과 끈끈한 유대관계를 갖는다. 1994년 탈레반이 아프가니스탄을 장악하면서 미국의 무기는 이들의 주요한 생존 수단이 된다. 이러한 미국의 무기로 무장한 탈레반은 다시 2001년 미국과 등을 돌리고 미국이 제공해 준 무기로 미군을 상대로 싸우게 된다. 아이러니다. '정치적 목적과 무장한 세력'은 테러 세력을 규정하는 주요한 키워드인데, 어제의 우군이 이제는 반미 항쟁을 외치며 아프가니스탄의 높고 험준한 산악 지형에서 미군과 그들의 동맹국들을 정조준하고 있다. 미국의 '위키리크스 사이트(WikiLeaks.com)'가 폭로한 내용 중 파키스탄 군 정보부 고위직위자가 탈레반을 실질적으로 지도한 사실이나, 낮에는 아프가니스탄 정부군이었다가 밤에는 탈레반으로 바뀌는 인간들. 미국, 아프가니스탄, 탈레반, 파키스탄의 물고 물리는 관계는 테러와 대테러가 대단히 정치적이라는 것을 반증해 준다.

이라크에서 전투 임무를 끝내고 오랜 기간 진흙탕으로 남아 있는 아프가니스탄으로 전장을 옮기고 있는 미군에게 탈레반은 여전히 위협적이다. 아프가니스탄 농촌 마을, 험준한 산악지역, 양귀비 가득한 외진 시골에서 탈레반은 그 세력이 줄지 않고 더욱 영악하게 진화하고 있다. 국제사회에서 대테러의 목소리가 높지만, 이들은 세력을 더욱 확장하고 민심의 이반과 결집, 다양한 공작을 통해 재기를 준비 중이다. 테러와의 전쟁이 계속되고 있는 중앙아시아의 역사는 결국 어떻게 기록될까? 승자의 펜에 달렸다.

테러와의 전쟁은 다양한 이론을 낳았다. 정확한 정보도 중요하고 정밀한 타격도 중요하나 적어도 무승부 이상으로 지루하게 전쟁을 끌고 갈 수 있다는 것이 이라크 전 이후 얻은 교훈이다. 미국은 GPS를 장착한 첨단 무기로 이라크의 지휘 통신망이 지나가는 교량을 한 방에 무너뜨리지만 이것도 잠시뿐, 사다미스트는 다시 결집했다. OIF의 승리를 전쟁의 승리로 본 것은 조지 부시 대통령의 지나친 속단이 아니었을까? 첨단으로 무장된 미군의 한계를 보여준 대목이 이라크 전 이후 계속 나타나고 있다. 오바마 대통령은 2010년 전투 임무의 종결을 선언했으나 전쟁의 승리를 선언하지는 않았다. 아직도 미국이 생각하는 이라크 내 테러와의 전쟁은 끝나지 않았다. 내 기억에 남아 있는 이라크에서 들었던 테러에 관한 이론 중

인상적이었던 내용을 적어 본다.

　① 주사기 이론 : 이라크 내 테러 세력은 다국적군의 공세적 압력으로 더 이상 견디지 못하고 아프가니스탄, 북아프리카, 유럽으로 퍼져 나가 더욱 광범위한 지역에서 테러 활동을 한다. 마치 주사기를 꾹 눌렀지만 압력이 강할수록 그 물줄기는 다시 멀리 넓게 퍼지는 것처럼(squeeze).

　② 웅덩이 이론 : 이라크에서 테러와의 전쟁을 계속 하는 이유는 세계 곳곳에 넓게 퍼진 테러 세력들의 관심을 모으기 위해서다. 테러 세력들이 영국, 미국의 심장부에서 활동한다면 얼마나 힘든 전쟁이 되겠는가? 이라크로 몰려든 테러 세력들은 상대적으로 다른 지역과 미국에서 테러 활동을 할 수 있는 여건이 줄어든다. 마치 웅덩이가 생기면 주변의 물이 모여들 듯이, 테러 세력도 이라크에 경쟁적으로 모여들게 된다. 실제로 알 카에다의 변종들이 이라크로 몰려들었다(puddle).

두 개의 이론은 상반된 상황에서 해석된다. 또는 웅덩이 이론의 아류가 주사기 이론일 수 있다. 2010년 테러와의 전쟁을 위한 전장은 이제 이라크에서 아프가니스탄으로 옮겨지고 있다. 과연 아프가니스탄의 웅덩이로 탈레반과 함께 테러 세력들은 모여들까? 그곳에서 전술적인 행동들이 주사기 이론처럼 아프가니스탄과 파키스탄으로 흩어져 그 일대에 다시 제2의 전선이 형성되지는 않을까? 계속 주목해 봐야 할 사안이다.

테러의 방법에는 여러 가지가 있다. 9.11사태처럼 오랜 기간 조직적으로 치밀하게 범죄를 모의하여 세기의 사건으로 관심사가 되도록 하는 경우도 있으나, 일반적으로 전술적 차원에서 자살 벨트(SB)를 착용하고 자폭하는 경우, 자살폭탄 차량(SVIED)을 이용하여 차량, 건물, 인원에 접근하여 폭발하는 경우가 대다수다. 물론 테러 세력의 급조 폭발물 IED는 최첨단의 미군을 이라크에서 주춤거리도록 한 위협 요소이며, 아직까지 이에 대한 완전한 해결책을 찾지 못했다. 심지어 미 국방부는 미군 장군을 TF 위원장으로 하는 IED 제거 연구팀까지 편성했지만 완전한 정답을 도출하지 못했다. IED는 베트남 전에서 미군을 괴롭힌 부비트랩처럼 이라크에서 미군 전사자를 속출시킨 가장 위협적인 존재였다.

9.11사태는 미국이 국토 밖에서 세계 경찰로서의 역할을 충실히 하겠다는 세계적 사고(思考)가 결과론적으로 얼마나 잘못되었는지 반성하도록 했다. 첨단 무기를 앞세운 팍스 아메리카의 계획과 실행은 도전받지 않았을 때, 그 빈틈이 얼마나 크고 엉성한지 미국도 몰랐을 것이다. 미국은 9.11을 계기로 진정한 미국의 이익과 세계에 대한 기여가 무엇인지 자성하고 새로운 전략을 수립하게 된다. 그러나 이러한 미국적 태도가 대테러전의 성공적 진행이라고 평가하기는 어렵다. 미국이 알 카에다의 많은 정보가 있음에도 그 조직원들을 완전히 사살, 생포하지 못하는 것은 지루한 테러와의 전쟁이 앞으로도 계속 험난할 것임을 예고하는 것이다.

DANGER
خطر
STAY BACK
ابقى بعيدا

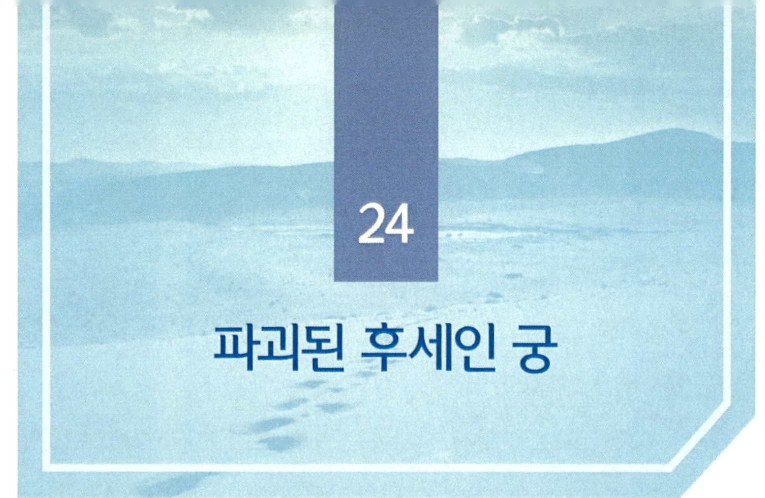

24

파괴된 후세인 궁

▲ 부서진 건물 지하에 후세인이 감금되어 있어 접근이 허용되지 않았다.

이라크 바그다드에는 후세인과 그의 일가(一家)들이 즐겨 사용하던, 아라비안나이트 삽화에서나 볼 수 있는 아랍풍의 궁들이 곳곳에 흩어져 있다. 바그다드 그린 존(Green Zone)에서 조금 떨어진 팔레스(Palace)라는 곳은 단어의 뜻 그대로 후세인의 '궁'이 있는 곳이다. 궁을 둘러싼 인공호수를 다 돌아보는 것은 미군 지프(Jeep) 험비로 1시간 이상 걸린다. 이 인공호수는 바그다드를 통과하는 티그리스, 유프라테스 강의 물줄기 일부를 돌려서 만든 것으로 호수의 곳곳에는 뉴런의 신경마디처럼 작은 새끼 궁들이 곳곳에 달려 있다. 어떤 것은 전쟁의 상처로 너덜너덜하게 파괴된 채 남아 있고, 어떤 것은 짓다 만 것도 있다. 그 중 가장 규모가 크고 온전한 팔레스 궁은 후세인 일가의 당시 권위와 풍요를 보여준다. 이런 크고 작은 궁들은 이라크 전이 끝난 뒤 다국적군 고위 장성들의 숙소로 쓰이거나 우리 자이투니아처럼 이라크 북쪽에서 바그다드로 출장 온 사람들이 잠깐 머무는 장소로도 제공되었다. 주인을 잃은 궁이라기보다 주인이 바뀐 작은 궁들은 노린내 나는 다국적군들의 식당으로, 하룻밤 머무는 참호를 대신하는 숙소로 변신했다. 후세인의 영욕이 담긴 다양하고 많은 화려한 궁들은 후세인 일가가 미처 상상하지 못했던 목적으로 이용되었다.

심하게 파괴되었지만 건축미가 살아 있는 어떤 작은 궁은 후세인의 아들 우다이가 미녀들과 주색잡기에 빠졌던 곳이라고 한다. 우다이는 미녀들과 신나게 놀다가 자신의 신경을 거슬리는 참모, 부하가 발견되면 조인트 한 방에 권총 한 방으로 즉결 처분을 했다는 이야기도 있다. 또 시체를 인공호수에 수장시키는 악랄함을 보였다고 한다. 사담 후세인 패밀리의 이러한 포악함은 후세인을 증오하는 서방 학자들의 후세인 일대기에 잘 그려져 있다.

짧은 몇 개월, 몇 년의 역사도 승자들끼리는 새롭게 쓸 수 있는 권한이 있는 모양이다. 죽일 놈, 살릴 놈의 경계선을 구획 지을 수 있는 특권은 승자에게 있다. 후세인 이후 팔레스 궁에서는 새로운 역사가 빠르게 쓰이고 있었다. 다국적군의 공습으로 철근 뼈다귀가

드러난 궁, 콘크리트 조각 사이사이의 건물 상처, 그 끝마디에는 이름 모를 잡새만 무심히 앉아 있다. 어제를 기억하지 못하는 잡새는 전쟁과 평화를 초월한 듯 허공만을 응시하며 작은 대가리에 남아 있는 허망한 감성을 되새김질한다. 잡새의 단순함은 바그다드 시민들의 초점 없는 시선과도 통한다. 폐허에 남겨진 이라크의 역사는 이제 기록할 사관마저 없다. 이질적인 서방 사람들이 승자의 입장에서 입에서 입으로 전설을 만들고 신화를 만들고 승리의 과정을 기록했다. 사실과 허구가 뒤섞인 전쟁의 앞면과 뒷면은 바그다드를 유령처럼 떠다닌다. 가공할 필요가 없는데도 가공된 이야기들이 팔레스 궁 주변을 떠다닌다. 그렇게 떠다니다 승자의 역사는 약하디약한 인간의 가벼움 사이에 살짝 내려앉는다. 우다이가 수장시켰다는 것도, 수장시킨 시체를 잉어가 다시 뜯어 먹었다는 슬픈 이야기도 모두 가공되지 않았을까 하는 생각을 해본다.

2003년 미국의 이라크 전쟁 OIF 이후 소위 '사다미스트'만이 후세인의 흔적을 신처럼 받들며 인근 시리아, 사우디, 레바논으로 도망쳤다. 이러한 충복(忠僕)의 염원에도 불구하고 후세인은 어느 시골 허름한 촌가의 마당 한쪽 구석에서 더부룩한 수염을 다듬지도 못하고 생포된다. 후세인이 그렇게 믿었던 촌로는 더 믿을 수 있었던 미군에게 정보를 팔았고, 돈으로써 강한 믿음을 주었던 미군은 정확하게 마당 한쪽 구석 구덩이에서 후세인을 끄집어냈다. 피 흘리는 싸움도 없이 정확한 정보와 그 정보를 제공할 수 있도록 사람을 움직인 돈, 현상금, 달러. 이 또한 미군에게는 전쟁의 일등공신이다. 돈을 통해 정의도, 양심도, 애국도, 종교적 신념도 다시 계산된다.

오랜 전쟁이 이를 증명했다.

1910년 경술년 제국주의 일본은 조선과의 합병에 도장을 찍은 뒤 우리나라 경복궁을 점령하고 주인 행세를 했다. 이와 마찬가지로 이라크를 점령한 다국적군은 이라크 국민들의 시선이 몰리고 집권자 후세인의 흔적이 남아 있는 대통령 궁을 사무실로 사용했다. 다국적군의 바깥쪽에서 이를 응시하고 있는 이라크 국민들은 바그다드 궁에서 다국적군이 전쟁을 지휘하는 모습을 보면 그리 감정이 편하지는 않을 것이다. 대테러전이라는 명분이 얼마나 민족적 정서와 종교적 감정을 초월할 수 있을까? 이라크 국민은 대량살상 무기의 제거, 테러와의 전쟁 때문에 다국적군을 환영한 것은 아닐 것이다. 다국적군을 자신들의 심장을 고쳐 줄 전문의로 생각하기보다는 후세인의 폭정에 당장 힘든 현실을 극복시켜 줄 원병 정도로 생각하지 않았을까? 당시 한국군 주요직위자는 다국적군 지휘관에게 충고했다. "이라크 국민들에게 전쟁의 정서를 순화시키고 다국적군에게 친근하고 유리한 정서가 조성될 수 있도록 하기 위해서는 민족, 종교적 정서의 중심지나 건물을 오랫동안 점거하지 않도록 해야 한다."라고 민사작전의 기본을 한 수 가르쳐 준 것이다. 미군 사령관도 적극 공감했지만 구체적인 방안은 마련하지 않았다.

자이툰 사단이 이라크에서 민사작전을 '한국군의 대표적 브랜드'로 성공시킨 이유는 세계적 관점에서 전쟁의 정서를 정확하게 예견할 수 있는 군사적 천재성과 소양, 기질을 갖춘 훌륭한 한국군 지휘관들이 선두에 있었기 때문이다. 이라크 팔레스 궁을 차지한 30여 개국 다국적군들은 전쟁의 정서에 대해 한국군만큼 고민하지 않은 모양이다. 당장 폭탄이 터지는 상황에서 이라크 국민들조차 그 큰 궁을 다국적군이 점령하건 말건 종교적, 민족적 정서와 연관시키지 않았다. 항상 승자의 품에 안기려는 허약한 인간은 민족, 국가와 무관하게 어디나 있기 마련이다. 이들과 다국적군과의 거래는 소요와 공급의 법칙에 따라 돌아가고 있었다.

거대한 인공호수 중앙에 그나마 온전하게 보존된 팔레스 궁은 금박과 대리석으로 웅장하게 건축되었으나, 전쟁을 겪으면서 후세인도 발견하지 못한 부실공사가 곳곳에 숨겨져 있었다. 얇은 대리석으로 위장한 곳이 있는가 하면, 코란의 구절구절을 금박으로 새겨 놓았지만 번쩍이는 황금 코팅 뒷면의 얇은 시멘트 구조와 깨진 대리석은 후세인의 뒤편에 서 있었던 부실한 참모들의 이중성을 느끼게 해준다. 어디 부실이 이것뿐이겠는가만.

팔레스 궁은 호수 변 도로에서 건물 앞쪽으로 진입하는 교량과 측방으로 진입하는 교량, 두 개의 교량이 있다. 측방의 교량은 이미 파괴되어 사용할 수 없고, 건물 앞쪽의 교량만이 통행에 사용된다. 실제 중요한 교량은 오른쪽 측방에 놓인 것이다. 오른쪽 측방 교량의 하부를 따라 이라크 군은 그들의 신경이라고 할 수 있는 지휘 통신선을 매설해 놓았다. 결정적인 정보가 전쟁의 시작과 동시에 미군의 승리를 보장해 주었다. 이라크 군의 지휘 통신선이 교량 밑을 통과하고 있다는 사실을 미리 알고 있었던 미군은 전쟁 시작과 동시에 수백 km 떨어진 걸프 만에서 이 다리를 향해 몇 발의 토마호크를 발사하여 붕괴시켜 버렸다. 이로써 이라크 군의 지휘 통신망은 마비되었고, 이 공격은 전쟁의 명암을 가르는 중요한 역할을 했다.

　미군의 제공권 장악과 지휘 통신망의 상실로 인해 이라크 군은 순식간에 패배의 길을 걷는다. 걸프 전과 이라크 전의 가장 큰 차이는 정확한 정보와 정밀타격이다. 표적탐지, 정밀타격의 순환이 걸프 전에서는 수일이 소요되었으나, 이라크에서는 수 시간대로 당겨졌다. 걸프 전에서는 특정 목표를 확인하고 타격하는 데 대략 2일 이상이 소요되었지만, 이라크 전에서는 불과 몇 시간이면 되었다. 걸프 전 이후 미군은 그들의 정보능력을 수십 배 향상시켰다. 바늘로 정수리를 찌르듯 정확성과 노력의 절약을 통해 희생의 최소화, 이것으로 전쟁의 승패가 가늠되는 현실은 우리에게 큰 교훈이 된다.

　이제 군사학도들도 로마의 '팔랑스'에 대한 연구나 '롬멜 보병전술'을 통해 과거의 교훈을 도출하기보다는 JDAM(Joint Direct Attack Munitions)의 정밀한 폭격 사례 몇 개를 더 배우는 것이 유익하지 않을까? 155마일 형성된 선형의 전선! 이제는 대구 상공에서, 아니면 제주해협에서 아주 잘생긴 미사일 한 발이 거침없이 음속을 뚫고 달려가 적의 중심을 한 방에 맞춰 주면 하루+α 만에 전쟁의 승패가 결정되지 않을까? 그렇게 되길 희망한다.

팔레스 궁의 파괴된 오른쪽 교량에 대한 미군들의 애착심은 대단하다. 지나가는 다국적군 군인들에게 은근히 자랑한다. 미군들은 그들의 '빽(back)'인 미국을 자랑하고 싶었을 것이다. 이라크와의 전쟁은 미국의 토마호크 몇 발이 끝냈다고…. 이제 전쟁은 손에 손을 잡고 군가를 부르며 일렬횡대로 진격하던 시대가 아닐진대. 낡은 마르크스 레닌주의를 신봉하는 공산당의 이념이 내일을 기약할 수 없는 것처럼, 적의 포탄을 피하기 위해 야전삽으로 얼어붙은 땅을 끊임없이 파내고 있다면 결코 내일의 승리를 보장할 수 없다. 참호전이 언제의 이야기였던가?

호수의 중앙에 있는 팔레스 궁과 얼마 떨어지지 않은 곳에 심하게 파손된 건물이 있는데, 여기에 후세인이 감금되어 있다고 한다. 작은 호수 한가운데에 있어 접근하기 어려운 위치일 뿐 아니라, 파괴된 건물 주변에 미군이 다시 높은 장애물과 장벽을 설치하여, 접근은 물론 사진촬영도 통제하고 있었다. 적대세력이 사방에서 동시공격을 하더라도 쉽게 점령하기 어려운 요새와 같은 구조로 되어 있다. 미군들도 들어갈 수 없는 호수의 한가운데 덩그러니 있는 미스테리한 건물. 한편으로는 이마저 테러리스트들을 상대로 한 고도의 심리전이 아닐까 하는 생각도 들었다. 미군은 '후세인이 여기 있다.'라는 소문이 조용히 퍼져 나가길 기대했는지도 모른다.

▲ 바그다드 팔레스 궁 주변의 이라크 전 당시 파괴된 건물과 장비, 무기들

25

아르빌 수박 테러의 진실

아르빌에서 전해 내려오는 이야기 한 구절. 북한 김일성이 생존했을 때 아르빌 수박의 단맛을 잊지 못해 평양에서 수송기까지 동원하여 수박을 공수해 갔다는 믿거나 말거나 한 이야기가 회자되었다. CTG 국장은 "2000년 이전까지 북한과 관계가 있었으나, 이후 이들과는 자연스럽게 청산되어 지금은 전혀 군사, 정치적으로 거래가 없다."고 했다. 또한 일부 중동 국가에서 북한 근로자들이 외화벌이를 하고 있는데, 그들 고유의 폐쇄성으로 인해 외부와의 접촉 없이 자기들끼리 집단적인 생활을 하고 있다고 한다.

아르빌 수박은 당도가 높다. 여름이 다가올 무렵이면 길가 노점상을 비롯하여 청과물 가게에서 탐스런 수박들이 즐비하게 손님들을 기다린다. 입맛이라는 것은 어릴 때 형성되어 사람마다 민족마다 모두 다르다. 아르빌 치안 기관장이 집에서 직접 담근 올리브를 내 사무실로 가지고 와서 함께 먹을 때, 그 시큼한 맛을 지금도 지울 수 없건만 그들은 그게 맛있다고 자꾸 권했다. 어디를 가더라도 음식을 선물로 주는 것은 신중하게 생각해야겠구나 하는 생각을 했다. 다행히 수박에 대한 우리의 입맛과 중동의 입맛은 비슷하다. 대포알같이 길쭉한 아르빌 수박은 크고 속살이 붉으며 깊다. 힌티가 조금 있는 씨앗도 무척 크다. 큰 씨앗이 큰 수박을 만들었나 보다.

1995년 나는 서부 사하라의 작열하는 태양 아래서 스페인과 모로코가 전쟁을 치렀던 바위산에 올라가 본 적이 있다. 거기서 작은 수박을 발견했는데, 모양은 수박이었지만 독초의 열매가 커져 수박처럼 변한 것이었다. 쪼개 보니 속은 수박이 아니라 호박 속처럼 푸르스름했다. 본래 한국의 토종 수박이라는 식물은 줄기에 마디 7개가 생길 때 꽃이 피고, 그 꽃이 수정되어 수박이 달리고 알이 맺혀, 90일, 즉 3개월 정도 햇볕을 받아야 속이 붉게 여물고 당도도 높아진다고 한다. 아르빌 수박도 이러한 과정을 거치는데, 일조량이 풍부해 당도가 높고 쑥쑥 자라 우리나라 수박 크기의 2배가 훨씬 넘는다. 한 통에 약 3천 원 정도 하는 그 큰 수박을 갈라 지친 심신을 달래던 전우들의 모습이 그립다.

어느 날 갑자기 독극물을 아르빌 수박에 넣어 테러를 할 수 있다는 첩보가 입수되었다. 이제 아르빌 수박도 먹지 못하겠구나 싶었는데, 테러의 대상과 수단이 도무지 엉성하기 그지없어 다각도로 분석했다. 아르빌 수박으로 자이투니아를 테러하려면 거쳐야 할 과정이 많다. 먼저 아르빌 외곽 농장에서 아르빌 수박을 기른다. 수박이 익어 농장 주인은 길거리 노점상에게 1차로 판매한다. 노점상은 지나가는 행인과 군인, 관료, 자이툰 사단 장병들에게 2차로 수박을 판다. 그 중에서 자이툰 사단 장병에게는 독극물이 주입된 수박을 판다. 자이툰 사단 장병 몇 명이 그 수박을 산다. 그리고 영내로 반입하여 동료들과 함께 먹다가 쓰러진다. 이러한 확률은 수학적으로 계산해 보면 가능성이 낮아 테러리스트들이 수박 테러를 하기는 어려울 것이라는 결론을 내렸다. 이런 유형의 첩보는 정보를 부탁받은 많은 잔챙이 정보원들에 의해 쓰여 진다. 예를 들어 "랜드 크루즈 한 대가 폭탄을 가득 싣고 이라크 아르빌 진입 7초소를 내일 13시에 습격할 것이다."라는 첩보가 입수되어 현지 치안기관 전문가들에게 다시 물어보면, "어떤 미친놈이 수억 원 하는 랜드 크루즈를 자살폭탄 차량으로 쓰겠느냐?"고 반문한다. 이처럼 이라크 북쪽에서는 말도 안 되는 정보를 만들어 장사하는 정보 장사꾼들이 많다. 아르빌 수박에 독극물을 주입하여 자이툰 사단을 테러하겠다는 첩보도 이런 장사치의 가공된 첩보 아류에 포함된다.

어느 날 초소에서 부대로 들어오는 인원들에 대해 초병과 함께 검문검색을 하던 군견(軍犬)이 현지인의 휴대폰에서 폭약 냄새를 탐지했다. 갑자기 상황이 전파되고 정보분석조가 초소로 출동해 휴대폰을 가진 현지인과 휴대폰을 분리시킨 후, 정보분석조 조장과 조원들이 토의를 했다. 휴대폰에 있는 화약을 탐지하고 폭발물을 제거해야 하므로 순서에 따라 임무를 다시 되새겼다.

   1. 폭발물 탐지반 두꺼운 복장 착용

   2. 휴대폰 분해

   3. 휴대폰에 폭발물이 장치되었는지 확인

그런데 누군가 멀리서 그들에게 "그냥 그 노인보고 직접 휴대폰을 분리해 보라고 해!"라고 소리쳤다. 간단한 해결 방법이다. 노인의 정체를 알지 못하는 상황에서 이 모든 상황을 마무리할 수 있는 방법이다. 노인은 통역의 이야기를 듣고 멀리 격리되어 있는 휴대폰을 직접 분해하고 내부를 보여주었다. 모두들 긴장한 상태로 혹시 모를 폭발에 대비해 안전지대에 머물면서 노인의 행동을 유심히 관찰했다. 노인이 보여준 휴대폰 내부에는 아무것도 없었다. 상황은 싱겁게 종료되었지만 군견은 그때까지 휴대폰에 폭발물이 내장되어 있다며 계속 낑낑, 콩콩거린다. 귀싸대기를 한 대 맞고서도 계속 낑낑거린다. 개는 개다.

이런 일도 있었다. 오후의 작열하는 태양 아래서 오늘도 자이툰 사단 외곽 도로를 따라 열심히 걷는다. 하루의 일과를 마무리하는 것은 운동이다. 빠르게 걸으며 하루를 반성하고 내일을 설계한다. 한참을 걷다가 갑자기 주둔지 한가운데에서 '빵' 하는 소리가 들렸다. '로켓포가 날아왔구나.' 하는 생각이 머릿속을 스쳐 현장으로 빠르게 가보니, 아이솔 막사 천장이 붕괴되고 막사 내부도 엉망으로 처참하게 파괴되어 있었다. 그러나 화약 냄새나 로켓포 흔적은 전혀 없었다. 뒤늦게 정밀 조사를 해본 결과 순간온수기에 의한 폭발 사고였다. 가로, 세로 1미터 가량의 작은 온수기 보일러가 고온으로 압축되면서 상판이 그 압력을 견디지 못하고 폭발한 것이다. 대단한 위력이었다. 물리학을 제대로 배운 사람만이 이해할 수 있는 액화, 기화, 압축의 과정을 겪어 폭발했다고 한다. 인명피해가 없어 다행이었지만, 실전에 대비한 연습을 단단히 시켜 주었다. 물도 이렇게 열을 받으면 비록 작은 공간이지만 압력이 팽창하여 아이솔 천장을 붕괴시킬 만큼 엄청난 위력으로 폭발한다는 것을 처음 알았다. 우리의 일상도 작은 일에 열 받지 않아야 하겠다. 열이 기화되어 머리에서 압축된 후 뚜껑이 열리면…, 엄청난 피해?

'임꺽정 병(病)'이라는 말이 있다. 임꺽정은 경기도 포천 명성산 깊은 곳에서 한양의 백성들이 밥은 굶지 않는지, 추운 겨울에 옷은 제대로 입고 있는지 하는 걱정으로 밤을 지새웠다고 한다. 그래서 걱정을 많이 한다고 하여 '임걱정'이었다가 '임꺽정'으로 변했다는 이야기가 있다. 당시의 테러 첩보를 모두 믿었다면 이라크의 풀 한 포기까지 온갖 세상만사 모두 걱정거리였을 것이다.

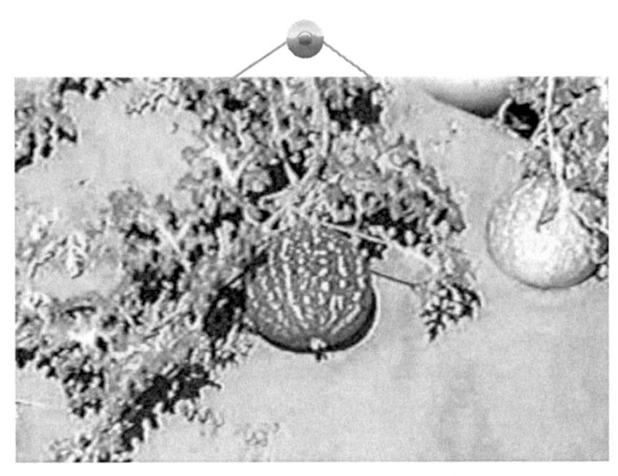

▲ 서부 사하라 사막 수박을 닮은 식물. 속이 푸르고 먹지 못한다.

Y 기자 납치 사건

#1

2006년 3월 14일 팔레스타인 무장단체 '체 게바라 여단'은 이스라엘 군의 전날 교도소 공격에 대한 보복으로 한국의 KBS 두바이 주재 특파원 Y 기자를 비롯하여 프랑스인 2명, 스위스인 1명, 호주인 2명, 미국인 1명을 가자 지구와 서안 지역에서 납치했다.

#2

이라크 아르빌 PUK 지부장 사디 피레에게 이번 사건의 전말을 이야기하고 양상을 문의하자 "한국 기자를 납치한 세력들은 코뮤니스트다. 이들은 테러리스트가 아니기 때문에 극단적으로 참수를 하거나 인명을 살상하는 행위는 없을 것이며 곧 석방할 것으로 예상된다. 팔레스타인 상층부에 쿠르드 지도자들이 있으니 필요하다면 도와주겠다."라고 했다.

#3

이라크 바그다드에서 테러리스트들에게 납치되어 참수된 고 김선일 씨의 악몽이 한국인들의 뇌리에서 지워지지 않은 시점에 Y 기자 납치 사건은 짧은 시간에 세간의 많은 관심을 불러일으켰으며 극단적인 사태가 발생하지 않을까 우려되었다.

#4

납치 다음날인 2006년 3월 15일 이라크 아르빌 PUK 지부장 사디 피레의 예언처럼 Y 기자는 석방되었다. 한국 외교부에서 적극 노력한 결과였다.

이러한 사건과 동일한 위협들은 세계 곳곳에 도사리고 있다. 이라크뿐 아니라 중동의 다른 국가에서 한국인, 한국군을 상대로 한 테러가 발생할 경우 어떻게 대처할 것인가. 이라크 쿠르드 지역 주요직위자와 정보기관들의 도움이 중요한 역할을 할 수도 있겠다. 그들과의 관계를 잘 유지시키는 것! 이것은 지금도 자이투니아 소수의 몫으로 남아 있다.

2004년 이라크 한국기업 가나무역 직원이었던 김선일 씨가 바그다드 인근에서 이라크 알 카에다 AQI에 의해 참수되어 바그다드 외곽 도로변에서 시체로 발견되자 우리 국민들은 국제 테러조직에 의한 납치가 남의 이야기가 아니라는 것을 공포스럽게 느꼈다. 정부에서도 자국민 보호 차원에서 테러 위험지역에 대한 경보를 발령하기 시작했다. 이러한 정부의 노력에도 불구하고 2007년 아프가니스탄에서 샘물교회 신도 23명이 탈레반에게 납치되어 2명이 사망하는 사고가 발생했다. 이때 정부가 탈레반에게 600억 원의 협상금을 주고 인질들을 구출했다는 뒷얘기들이 무성했다. 최근에는 2009년 3월 예멘에서 한국인 관광객 4명이 아라비아 반도 알 카에다 조직 AQAP의 테러에 의해 사망했고, 이를 수습하려는 한국 사고 수습반까지 테러 피해를 당할 뻔했다. 한 번씩 충격을 주는 해외에서의 한국인 테러 피해는 대부분 알 카에다와 연계되어 있다. 알 카에다의 국제적인 조직망은 이라크, 아프가니스탄, 예멘, 아프리카 일대에 각각 총책을 두고 자금, 기술 지원을 해가며 건재를 과시하고 있다.

최근에는 코뮤니스트도 테러리스트도 아닌 국제 해적과의 싸움이 새로운 위협으로 등장했다. 소말리아 해적에 의한 납치가 국제적인 관심을 끌고 있는 가운데 우리의 청해부대가 소말리아 해적으로부터 우리 국적선을 보호하기 위해 미 중부 사령부 예하 CTF-151의 일원으로 소말리아 인접 아덴 만(Gulf of Aden) 일대에서 활약하고 있다. 2009년 미국 화물선이 소말리아 해적에게 피랍되자, 선장 필립스는 화물선과 자신을 제외한 다른 납치된 사람을 돌려보내는 조건으로 스스로 인질을 자청했다. 이에 미국은 선장을 구조하기 위해 미 해군 특공대를 급파하여 구조작전을 개시한다. 미 해군 특공대는 출렁이는 파도를 극복하면서 정확하게 해적 3명을 동시에 조준 사살하고 선장을 구출해내는 강대국 전사다운 면모를 보여준다. 소말리아 해적에 의해 피랍되었다가 구출되는 사례는 이외에도 많다. 필립스 선장을 신속하고 단호한 방법으로 구출한 작

전은 미국이 테러와의 전쟁에서 습득한 노하우를 국제 해적에게 그
대로 적용한 경우다. 우리 국적선에 대한 국제 해적의 위협은 점점
증가하고 있다. 그렇다고 협상과 돈, 이것이 근본적인 문제 해결 방
법은 아니다.

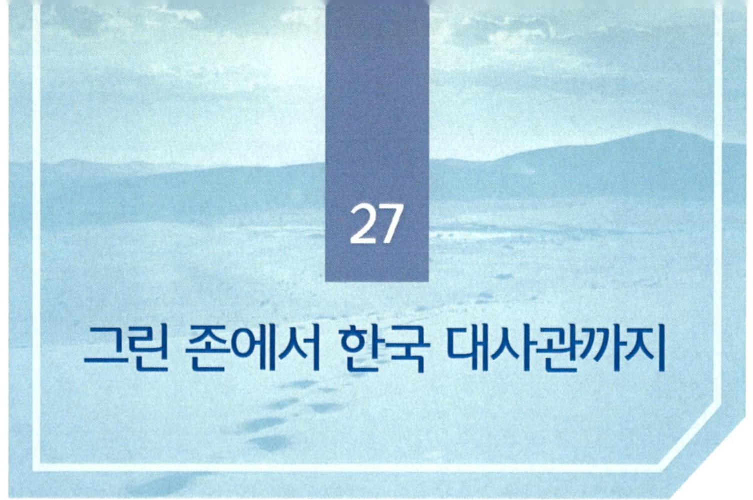

그린 존에서 한국 대사관까지

　그린 존은 이라크 바그다드에 있는 안전구역이다. 다국적군들이 적대세력의 공격으로부터 비교적 안전을 보장받을 수 있도록 2003년 이라크 전쟁 초기부터 미군이 주변의 위험 요소를 제거하고 확보한 지역이다. 여기에는 다국적군을 총지휘하는 MNF-I 사령부가 있고 이라크에 주재하는 외국 대사관들도 함께 있다. 주 이라크 한국 대사관은 그린 존에 들어가려고 많은 노력을 했지만 여러 가지 이유로 들어가지 못하고, 그린 존에서 조금 떨어진 바그다드 시내에 위치하고 있다. 주 이라크 한국 대사관에서 그린 존까지 이동할 때는 이라크 대사의 신변보호를 위해 한국군 헌병 몇 명이 현지인 경호원들과 함께 경호를 지원한다.

오랜만에 다국적군 회의에 참석하기 위해 미군 헬기를 타고 아르빌에서 바그다드로 이동한 우리 일행은 바그다드 회의에 참석하면서 한 번도 가보지 못한 바그다드 시내 한국 대사관을 방문하기로 했다. MNC-I 사령부가 있는 팔레스 궁에서 그린 존까지는 헬기로 이동한 후 그린 존에서 다국적군 경호를 받으며 한국 대사관까지 차량으로 이동했다. 바그다드 시내는 조용하고 평온해 보였다. 영화에서 보는 것처럼 긴박하거나 소란스러운 모습은 아니었다. 바그다드 미군 캠프에서 본 몇 차례 섬광이나 폭음도 없었고, 도로 좌우에 적대 세력이 매설한 급조 폭발물이 터질 수도 있겠지만, 적들이 나를 조준할 만큼 내가 가치 있는 표적도 아니기 때문에 '설마' 하는 이완된 생각도 잠시 했다. 행여 IED가 터진다면 운이 없었을 뿐이라는 생각도 하면서. 이 무렵 이라크에서 테러로 악명을 떨친 인물은 참수로 잘 알려진 이라크 알 카에다의 두목 '알 자르카위'이다. 그는 당시 대부분의 테러에 관여하여 다국적군 타깃 1번이었다. 그는 내가 이라크를 떠난 직후 2006년 6월경 다국적군의 공격을 받아 심한 부상을 입고 40세의 나이로 요절했다. 우연인지 몰라도 카스트로와 함께 쿠바 혁명을 이끌었던 코뮤니스트 체 게바라도 40세에 요절했다. 극단적인 테러리스트, 코뮤니스트는 40세가 한계인 모양이다.

휴지와 쓰레기가 떼구르르 날리는 바그다드 도로를 한참 달리다 시내 모퉁이를 지나 낯선 집으로 들어갔다. 입구에는 자랑스러운 우리의 해병대 용사들이 모래주머니로 구축된 참호에서 기관총을 겨누고 있었다. 큰 주택을 개조한 듯한 대사관저에서 우리 일행은 이라크의 군사, 정치에 관한 이야기들을 대사관 직원들과 주고받으며 몇 시간을 보낸 뒤 다시 바그다드 시내 도로를 타고 그린 존으로 복귀했다.

그린 존에서 팔레스 궁까지 이동할 헬기가 미리 도착하여 어서 타고 떠나길 재촉한다. 헬기의 굉음과 프로펠러의 바람을 맞으며 우리 일행이 안전하게 팔레스 궁에 도착하자 얼마 지나지 않아 속보가 날아들었다. 우리가 그린 존을 이탈한 직후 테러 세력들이 그린 존에 기관총과 박격포 공격을 했다는 것이다. 그린 존에 있던 이라크 내무부 건물 일부 유리창이 파손되고 피해가 있었지만 심각하지는 않다고 했다. 5분의 차이로 위험한 지역을 빠져나왔지만 우리 일행이 적대 세력의 표적이 될 수 있다는 생각으로 이후 바그다드에서는 한 걸음 한 걸음 더욱 조심스럽게 행동했다. 2004년 자이툰 사단 1진도 아르빌에서 헬기 두 대로 분승하여 바그다드로 이동하다가 바그다드 상공에서 두 번째 헬기가 적대 세력의 공격을 받았다. 소화기 탄이 헬기의 갑판을 뚫고 올라왔지만 탄알은 다행히 사람을 빗겨갔다. 그 날 헬기에 탑승하기 직전 자이툰 사단장이 모두 첫 번째 헬기를 탑승하도록 지시하여 운 좋게 모두 무사했다고 한다. 총알마저 피할 수 있는 지휘관의 예지력은 어디서 나오는 걸까? 인덕(人德)은 천운까지 따라오도록 하는 모양이다.

팔레스 궁이 있는 MNC-I 사령부에 근무하는 한국군 장교들의 숙소는 헤스코 방벽이 둘러쳐진 컨테이너다. 컨테이너 박스를 개조한 것으로 침대 1개, 옷장 1개 정도가 고작이다. 전쟁지역에서 호사스런 방을 탐내는 것 자체가 잘못된 것인 만큼, 바그다드에 근무하는 한국군들은 이러한 어려움을 잘 견뎌내고 있었다. 합참의 연락장교 K 대령이 저녁 늦게까지 야근을 하고 있을 무렵 평소와 다름없이 테러리스트들은 울타리 밖 멀리서 팔레스 궁, 숙소 주변으로 박격포를 쏘아댔다. 그 파편들은 헤스코 방벽에서 튕겨져 나오거나 방벽의 모래에 박혔다. 이 날도 테러리스트들은 K 대령의 막사가 있는 주변에 박격포를 쐈다. 저녁 10시가 넘어 지친 몸을 이끌고 귀가한 K 대령은 막사 문을 열어 보고 깜짝 놀랐다. 방벽과 방벽의 작은 틈새 사이로 튕겨져 나온 다량의 박격포탄 파편이 철판 컨테이너를 뚫고 들어와 옷장과 일부 기물들을 파손시킨 것이다. 다행히 야근을 한 덕분에 다치지 않았지만, 폭격 당시 숙소에 있었더라면 큰 피해를 입을 뻔했다. 피해 정도로 보아 전사까지도 갈 수 있는 상황이었다.

다음날 MNC-I 사령관이 한국군 K 대령에게 다국적군 참모들이 있는 자리에서 소감을 말해 보라고 했다. 한국군 K 대령은 "야근을 하라. 살아남을 확률이 높다."라고 했다. 모두 웃음으로 넘겼겠지만 사선을 넘나든 K 대령과 같은 한국군의 이라크 평화와 재건을 위한 노력, 헌신은 다국적군의 위상을 높이는 데 기여했을 뿐 아니라 대한민국의 브랜드도 크게 향상시켰다.

▲ 바그다드 상공에는 항상 헬기가 정찰을 하며 적대 세력을 식별하고 있다.

▲ 바그다드 상공에는 헬기와 함께 첨단장비를 갖춘 대형기구가 24시간 감시하고 있다.

28

석유에 대한 강대국들의 집착

1995년 서부 사하라 PKO MINURSO 사령부 남부군이 관할하는 지역은 모로코 남부 지역으로 알제리 서부와 모리타니아 북부 국경선 일부가 포함된다. 이곳 지휘관은 30대 중반의 중국군 대령으로 군인 냄새가 나질 않고 동안(童顔)에 키가 큰 사람이다. 들리는 이야기로는 중국 북경대학 경제학 교수를 하다가 중국 정부에서 알제리 석유에 관한 정보 수집을 위해 대령으로 신분을 전환시켜 파병했다고 한다. 서부 사하라가 관심 지역이 된 이유 중 하나는, 서부 사하라에서 알제리 사막 지대까지 광범위하게 석유가 매장되어 있다는 첩보가 조금씩 사실로 확인되면서, 세계 각국이 자원 선점 차원에서 적극적으로 PKO 활동에 참여하게 되었기 때문이다. 분쟁 조정은 사실 명목에 불과하다. 실제로 알제리에는 약 200억 배럴의 석유가 매장되어 있는 것이 확인되었다. 중국은 아프리카 지역의 자원 선점을 위해 오래 전부터 다양한 방법을 동원하여 아프리카에 접근하고 있다. 앞에서 설명한 북경대 출신 중국군 대령도 이러한 맥락에서 파병을 나오게 되었다고 한다. 최근에는 중국의 원자바오 총리가 아프리카를 순방하는가 하면, 중국과 아프리카 무역 교역량이 2009년에 이미 1천억 달러를 넘었을 정도로 중국은 아프리카에 많은 투자를 하고 있다. 이 모든 것이 자원외교에 기초를 두고 이루어지는 일이다.

1995년 당시 우리나라는 UN 비상임 이사국 진출을 위해 서부 사하라에 평화유지군을 파병했다. 국가의 명분을 위해 군이 활용된 경우로, 이러한 노력의 결과 한국은 비상임 이사국에 선출되었다. 2010년, 이제는 명분보다 한 단계 높은 실리를 생각해야 할 때다. 때로는 국가의 실리를 챙길 수 있는 곳에 대학교수를 외교관이나 군인으로 신분 전환을 시켜 파견, 파병하는 방법도 중국군을 통해 벤치마킹할 만한 아이디어다.

이라크 북부 지역을 차량으로 순찰하다 보면 높은 산 바위 틈새로 검은색 액체가 흘러내린 흔적들을 볼 수 있다. 이라크 사람들은 석유가 그 존재의 가벼움을 참지 못하고 분출되어 흘러내렸다고 하는데, 진짜 석유인지 아닌지의 여부는 과학적으로 검증되지 않았다. 이라크 북부 지각은 바늘로 콕 찌르면 석유가 분출될 정도로 거대한 석유층 위에 떠 있다고 한다. 쿠르드 자치정부는 일찍이 이러한 석유의 중요성을 알고, 이라크 북부 지역의 석유 발굴과 시추를 자신들의 고유 권한이라고 주장하면서, 독단적으로 석유사업을 추진해 중앙정부와 갈등을 겪고 있다. 또한 이라크 중앙정부가 관할하고 있는 키르쿠크 지역에 대한 자신들의 지분도 강하게 주장하고 있다. 그 이유는 키르쿠크가 과거에는 이라크 쿠르드족 집단 거주지였는데, 후세인 정권이 쿠르드족을 이라크 전역으로 강제 이주시키고 이슬람 시아 계열의 아랍인들을 키르쿠크 지역에 이주시켰기 때문이라는 것이다. 그래서 그 원주민이었던 쿠르드족에게 키르쿠크를 돌려주어야 한다는 논리다. 이라크 북부 쿠르드 자치정부는 2006년 중앙정부의 통제와 무관하게 다훅 지역 석유 탐사 및 시추를 위해 노르웨이 DNO사와 계약을 체결했는데, 당시 KDP 관료들은 자이툰 사단의 쿠르드 지역에 대한 기여에 감사해 하며 그 표시로 한국 기업의 이라크 진출과 석유사업에 대한 우선권을 부여하겠다고 수차례 이야기했다. 소위 '자이툰 이펙트(Zaytun effect)'를 최대한 활용할 수 있도록 석유 사업뿐 아니라 건설, 건축 등 다양한 분야에 한국 기업의 투자 우선권을 제의했으며 한국인들의 신변보장도 약속했다. 그러나 자이툰 사단 파병을 폄하했던 일부 관료들은 이러한 쿠르드 자치정부의 호의에 별 반응을 보이지 않았다. 시간이 지나 당시 이라크 주재 한국 대사를 했던 J씨가 퇴직 후 이라크에서 한국의 석유 사업에 관한 지분을 확보하려 노력하고 있다는 소식은 들었지만 그 성과는 확인할 수 없었다. 나로서는 범무(凡武)의 한계도 있었다. 하지만 우리 군의 노력이 진정한 국가 이익으로 연결되었다면 하는 아쉬운 생각을 지금도 하고 있다.

이라크의 석유 매장량은 세계 4위다. 사우디, 캐나다, 이란 다음으로 약 1150억 배럴이 지하에 매장되어 있다. 옛날에는 이라크 정부의 승인을 받은 영국, 미국의 석유회사가 다수 있었으나, 후세인 정권이 1972년 석유의 국유화를 선언한 뒤 전량 정부에서 통제한다. 원유를 처리하여 석유제품과 반제품을 생산하는 공장이 이라크 전체에 2006년 기준으로 8개가 있었다. 그러나 정제 능력이 열악한 까닭에 많은 원유를 송유관을 따라 인접 중동 국가로 이송, 유럽에서 정제한 것을 다시 이라크로 반입하여 일반 국민들이 이용했다. 2005년경 휘발유가 리터 당 50원 정도 하다가 어느 날 갑자기 10배 정도 가격이 인상되었는데, 쿠르드 자치정부는 자이툰 사단에 공급하는 유가를 인상 전 가격 그대로로 유지했다. 산유국이면서도 휘발유, 경유를 외국에서 들여와야 했던 2006년에 비해 지금은 많이 개선되어, 이라크 북부 지역 3군데서 원유를 시추하고 있으며, 이렇게 뽑아 올린 원유를 이라크 국영 송유관과 연결하기 위해 준비 중이라고 한다. 석유를 자본화하려는 이라크 정부의 움직임이 빠르게 진행되고 있다. 이런 상황에서 비록 '자이툰 이펙트'가 오래된 이야기이긴 하지만, 거시적 차원에서 이라크 석유 자본에 대한 참여를 확대했으면 하는 개인적인 소망이 있다.

쿠웨이트는 과거 이라크 침공 시 외국에서 유학하던 자국민들이 조국을 지키기 위해 다시 본국으로 귀국했다는 애국심 어린 이야기를 가진 나라다. 그러나 1990년 이라크가 쿠웨이트를 침공하여 합병을 선언할 무렵 외국에 나가 있던 쿠웨이트 국민들은 과거처럼 조국의 위기에 동참하지 않았다. 일부 국민들은 쿠웨이트 국민이면서 다른 나라 시민권을 가지고 있어서, 자신이 쿠웨이트 국민이라는 것을 알리지 않은 채 마치 심판의 입장에서 전쟁을 관전하듯 했다고도 한다. 석유로 부강해진 나라는 석유가 그 꿈을 빼앗아갈 수도 있다는 것을 보여주는 사례다.

2005년 5월 쿠웨이트 군사정보부장을 만날 기회가 있었다. 그의 하루 일과는 10시 출근, 13시까지 직무, 13시 퇴근 후 개인 요트로 걸프 만을 쾌속 질주하는 것이었다. 쿠웨이트의 인구는 약 270만 명이며, 그 중 순수한 쿠웨이트인은 약 96만 명에 불과하다. 나머지 180여만 명은 쿠웨이트 국민들을 보조하는 제3국인들이다. 2004년 일년 동안 쿠웨이트에는 정전사고가 10번 정도 있었는데, 국왕은 정전사고에 대한 보상으로 가구 당 약 700만 원 정도의 보상금을 지급했다고 한다. 국가에서 전기 관리를 제대로 하지 못해 미안하다며, 그냥 가만있어도 돈 좀 주겠다는 이상한 나라 쿠웨이트. 쿠웨이트 국민들을 위해 외국에서 온 노동자들이 열심히 일을 하고 있기 때문에 그들은 불편함이 없다. 반면에 석유로 발전한 나라, 두바이 버즈를 꿈꾸는 UAE는 조금 다르다. 부를 재투자하는 지도자의 비전과 능력은 UAE의 큰 자산이다. 시대와 세계 질서가 급속하게 변하고 있는 시점에서 석유의 경제학은 그 나라의 지도자, 국민성에 의해 빠르게 변하고 있다.

비약이 심한 이야기지만, 카스피 해 주변을 10분 정도 삽질하면 석유나 가스가 올라온다는 믿거나 말거나 한 이야기도 있다. 아르빌에 함께 있던 미군의 말에 의하면 미국은 오래 전부터 카스피 해 주변 자원을 둘러싼 국제관계의 패권 다툼을 예견하고, 독재국가로 명성이 높은 아제르바이잔과 손잡고 군사적으로 연합연습까지 했다고 한다. 아제르바이잔의 2대 세습 철권통치는 자유와 민주주의 확산이라는 미국의 이상과 맞지 않지만, 미국이 자원 확보를 위해 독재와 손을 잡은 것이다. 카스피 해에서 터키, 지중해로 연결되는 미국의 송유관이 아제르바이잔을 지나가기 때문에, 미국은 아제르바이잔과 전략적 동반관계를 형성하고 그 나라에 대한 투자와 관심, 끈끈한 유대관계를 계속하고 있다.

피터 시바이처가 쓰고 한용섭 교수가 번역한 『냉전에서 경제전으로』라는 책을 보면 송유관의 중요성이 잘 나타나 있다. 레이건 미국 대통령은 소련을 몰락의 궁지로 몰아넣기 위해 소련의 송유관 연장을 집요하게 유도했다. 그러자 소련은 에너지 수급을 위해 엄청난 예산을 송유관 건설에 투입했다. 그 무리한 예산 조달은 재정의 불균형을 초래해 안보의 부실까지 유도하게 되며, 결국 소련은 여기서 파생된 많은 도미노 현상으로 몰락하고 만다. 수천 킬로의 송유관은 한반도에도 있다. 주한미군은 1970년 포항에서 의정부까지 458km 길이의 한국 종단 송유관을 설치하여 최근까지 사용해왔다. 한 번씩 좀도둑들이 빨대를 꽂아 기름을 훔치다 적발되어 화제가 되었던 그 파이프가 바로 한국 종단 송유관이다.

쿠르드족 친구 '사호'는 쿠르드족이 자랑하는 죽음의 전사 페쉬메르가로서 외국인 석유회사에 다니고 있다. 그는 "이라크 및 쿠르드 자치정부는 이라크 평화와 재건을 위한 자이툰 사단의 헌신적인 노력에 대한 보답으로 이라크 석유사업에 대한 우선권을 한국 기업에 줄 생각을 가지고 있다. 그러나 테러의 위협으로 한국 정부와 기업들이 이라크 진출을 꺼리고 있다. 안타깝지만 지금의 이라크는 아프가니스탄이나 이란보다 더 안전한 곳이다. 자이툰 사단이 이룩해 놓은 쿠르드 지역 내 좋은 이미지와 그 효과를 놓치지 않았으면 한다."라고 말한다.

한국 정부는 미군이 이라크에서 OIF 작전을 시작한 2003년부터 이라크를 위험한 국가로 지정하고 한국인들의 입국을 금지시켰으며, 불가피한 사유가 있을 경우 정부의 허가를 받도록 했다. 입국 허가 구역으로 결정한 지 올해로 7년이 지났고, 자이툰 사단이 철수한 지 2년이 지났다. 노르웨이 DNO라는 회사는 값싼 중국인 노동자들을 고용하여 2007년부터 이라크 북쪽에서 석유 시추를 진행 중이며, 이외에도 몇 개국이 이미 이라크 북쪽 지역을 신나게 파헤치고 있다. 그들은 왜 이러한 위험 지역에서 석유사업을 강행하고 있을까? 혹시 이라크를 우리 한국인들만 위험한 지역으로 보고 있지는 않은지, 아니면 투자 효과가 없다고 판단한 것인지 냉정하게 계산해 보아야 하겠다. 자이툰 효과는 이미 유효기간이 끝나고 쿠르드족의 기억에서 사라졌는지 모른다.

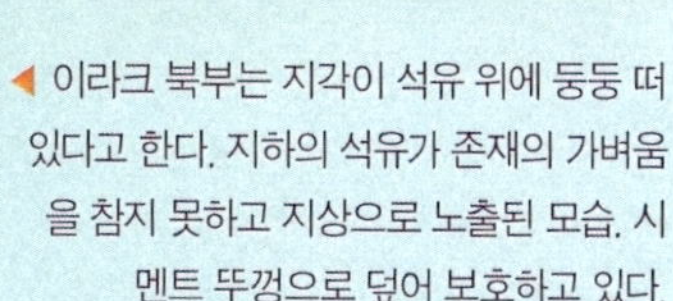

◀ 이라크 북부는 지각이 석유 위에 둥둥 떠 있다고 한다. 지하의 석유가 존재의 가벼움을 참지 못하고 지상으로 노출된 모습. 시멘트 뚜껑으로 덮어 보호하고 있다.

▶ 이미 노르웨이를 비롯한 일부 국가는 2006년경부터 이라크 북부 지역 석유를 채굴하기 위해 자치정부 KRG와 계약을 끝내고 시추 작업을 빠르게 진행하고 있다.

29

스트라이커 장갑차

스트라이커(STRYKER)는 야구에서 사용하는 용어 스트라이크 (STRIKE)가 아니라, 베트남 전에 참전하여 전공을 세운 미 육군 병사 로버트 스트라이커(STRYKER)와 2차 세계대전 당시 살신성인으로 동료 전우의 귀감이 되었던 미 17사단 일병 스튜어트 스트라이커(STRYKER)의 이름을 따서 장갑차에 명명했다. 이렇게 사람의 이름을 따서 상징성 고유명사로 만든 경우가 많다. 미군들의 캠프 이름에 유독 이런 경우가 많은데, 예를 들어 판문점 공동경비구역에 근무하는 JSA 대대의 캠프 보니파스도 1978년 8월 18일 판문점 공동경비구역에서 미루나무를 제거하다가 북한군의 도끼에 사망한 보니파스 대위를 기리기 위한 이름이다.

이라크 모술지역에서 작전을 펼치던 미군 101공정사단 예하 스트라이커 여단이 장갑차를 몰고 자이툰 사단에 왔다. 오래 전 주한미군이 그들 나라의 최첨단 장갑차라며 한국 전방지역 훈련장에 몇 대 가지고 왔던 그 스트라이커보다 한 단계 업그레이드된 것이었다. 한국에 소개할 때까지만 해도 그 장갑차는 '차세대'라는 수식어가 붙여졌던 것으로 기억하는데, 몇 년 만에 그 '차세대'가 주력 장비가 될 만큼 전장은 시, 분, 초를 다투며 빠르게 변하고 있다. 스트라이커 여단은 미군의 무겁고 둔탁한 중무장 보병을 기동성과 방호력이 뛰어날 뿐 아니라 날렵하고 신속하게 전투수행이 가능하게 한 경보병 개념의 새로운 여단을 말한다. 1999년 신세키 미 육군참모총장은 냉전시대의 낡고 취약한 장비에서 경량화 되고 융통성 있는 장비로의 편성을 강조하면서 기존의 M2 브래들리(Bradley) 장갑차를 대신할 수 있는 차세대 장갑차를 개발하라고 지시한다. 이에 따라 탄생한 것이 스트라이커 장갑차다. 이라크 전장의 스트라이커 장갑차는 프로펠레 형 로켓 즉, 테러 세력의 RPG에 취약하다는 사실을 확인하고 장갑 외부에 펜스 형 철망을 부착했는데, 이 효과로 이라크에서 테러 세력의 RPG 공격을 90% 이상 막아냈다고 한다. 스트라이커 장갑차는 병력 수송이 주 임무이기 때문에 전차만큼 장갑 보호 능력이 뛰어나지 않지만, 외부 펜스에 의해 조금 큰 구경의 공격에도 방호가 가능하다고 한다.

엉망으로 생긴 미군 한 명이 이라크 모술에서 몰고 온 스트라이커 장갑차 한쪽의 찌그러진 철판을 가리키며, 얼마 전 테러 세력의 급조 매설 폭탄인 IED 공격으로 찌그러졌지만 장갑차에 크게 영향을 미치지 않았다며 자랑스럽게 설명한다. 녀석의 후광인 미국, 미군의 첨단 앞에서 조금 초라한 느낌을 지울 수 없었다. 스트라이커 장갑차 내부는 각종 컴퓨터로 가득 차 있고, 안에서 외부를 모두 볼 수 있도록 카메라가 윙윙 돌아가고 있었다. 또한 다양한 모니터들이 보이지 않는 주변의 전파를 밀고 당기면서 인공위성을 비롯한 외부의 매체들과 대화를 나누고 있었다. 미군 승무원은 키보드를 두드리며 분주하게 상황을 점검했다. 이들 미군은 자이툰 사단 장병들을 태워 가까운 거리까지 운전을 하면서 스트라이커 장갑차를 자랑했다. 스트라이커 장갑차는 지휘 통제용을 비롯하여 다양한 형태가 있는데, 여단은 편조 개념으로 몇 개의 부대를 묶어 운용한다. 이런 개념의 UEx, UEy 전력을 미군은 이미 이라크에서 운용하고 있었고, 그 전방에는 스트라이커 장갑차가 있었다.

미군은 GPR(Global Defense Posture Review)이라는 이름으로 미군의 변혁을 추진하면서 기존 지역 사령부, 군단, 사단, 여단으로 이어지는 개념에서 탈피하여 UEy, UEx, UA로 불리는 새로운 편성과 운영을 작전에 투사했다. 먼저 작전을 지원해 주는 UEy, 실제 작전 사령부 UEx, 작전 실행부대 UA, 이렇게 구분하고 96시간 이내에 C-130 수송기를 전 세계 어느 지역에도 전력을 투사할 수 있도록 스트라이크 장갑차로 경량화, 기동화된 여단을 만들었다.

　미군 공개 자료를 보면, 2002년 기준으로 내부 장비를 제외한 단가가 약 3백만 달러이며 한화로 약 40억 원 정도다. 이와 유사한 우리 군의 최신 장갑차인 K21의 경우 승무원 3명, 1개 기계화 보병분대가 탑승 가능한 구조로 되어 있는데, 40mm 자동포와 7.62mm 기관총을 장착하고 있다. K21 장갑차의 가격은 대당 약 32억 원으로, 미군 스트라이커 장갑차와 비교하는 것은 무리가 있겠지만, 전자전 장비는 미군이 좀더 첨단화되어 있지 않겠나 싶다. 스트라이크 여단의 표준 구성은 3개의 스트라이크 보병대대, 1개의 포병 및 지원대대, 병력 약 3600여 명, 장갑차량 300여 대, 기타 포병화력 및 지원 장비, 시설로 되어 있다. 실제 미군은 이라크 모술에서 작전을 수행할 때 101공정사단이 예하 3개의 여단 가운데 1개만 그대로 예속을 두고, 나머지 2개는 다른 사단의 스트라이크 여단을 편제시켜 작전을 수행했다. 미군은 스트라이크 여단을 많이 만들어 임무와 기능에 따라 융통성 있게 조합하여 사단에 예속시키는 개념을 이라크 전장에서 실제 실험하고 운용했다. 그렇게 보면 101공정사단이 UEx 개념의 부대이고, 스트라이크 여단이 UA에 해당된다.

　키보드를 들고 전쟁을 하는 나라, 언젠가 다국적군 사령관이 이야기했던, "파워포인트가 없으면 전쟁을 못 한다."는 조크가 오늘날 전장에 임하는 미군의 한 단면이다. 미국의 첨단이 가지는 자부심이 바로 그들의 국력이다. 1995년 말레이시아 경찰을 서부 사하라에서 만났다. 당시 그는 보스니아에서 PKF로 활동하는 말레이시아

군과 경찰이 한국군 장갑차 K-200을 사용하고 있다며, 그 모양새와 성능에 대해 구구절절 자랑했다. 그러면서 또 한국에 대한 경외심도 보였다. 시간이 지나 나는 지구의 다른 한쪽에서 미군 스트라이커 장갑차를 보고 옛날 말레이시아 경찰이 한국군의 장갑차를 자랑했던 기억을 되새긴다.

V

다시
저 황량한
들판에
서서

30

타산지석(他山之石)

▲ 자이툰 사단 직업훈련소 수료식에 축하객으로 참석한 쿠르드족 터프가이들

1994년 서울에서 서부 사하라로 이동하는 도중 프랑스 파리에 잠시 머물렀다. 세월이 지나 뒤늦게 사진첩을 보니 머큐리 호텔이다. 파리의 구석진 호텔에서 잠시 여장을 풀고 샤워를 했다. 오랜 시간 비행기의 좁은 공간에서 질리고 물린 육체를 석회수 듬뿍 녹아 있는 유럽수로 온몸을 세탁했다. 유럽이 향수가 발달한 이유가 석회수 때문이라고 하던데, 왠지 물이 탁하고 뻑뻑하다는 느낌을 받았

다. 욕조 밖으로 빠져나온 물방울 잔탄들이 방으로 뱀처럼 스며들어가는 것도 모르고 지친 몸과 마음은 연신 땀이 녹아서 만들어낸 물때와 그 자국들을 훔쳐낸다. 외국의 샤워장, 욕실은 우선 욕조 안으로 커튼을 드리우고 몸을 씻어야 한다. 첫 번째 닥친 외국에서의 '다름'은 욕조 밖으로 흘러나와 방으로 들어온 물을 수건으로 적셔 다시 욕조에 짜 버리는 것으로 시작되었다. 무라카미 하루키의 소설 『1Q84』에 나오는 또 다른 세계로 통하는 바로 그 통로가 프랑스 머큐리 호텔 욕조 부스였던가? 그러나 그곳에서는 야나체크의 신포니에타 오케스트라는 들리지 않았다. 관념과 실체의 모호함도 없었다. 젖은 타월을 꾸욱 짜고 다시 방으로 흘러들어온 물을 훔쳐 또 욕조에 꾸욱 짠다. 계속해서 물을 훔쳐 욕조에 짜고…, 이런 행동을 수없이 반복했다.

야나체크의 신포니에타는 소설『1Q84』에 등장하는 음악이다. 야나체크(Janacek)는 1854년에 출생하여 1928년에 사망한 체코의 음악가로서 민족음악, 성악을 기초로 한 곡을 많이 만들었다. 신포니에타라는 곡은 대중에게 많이 알려져 있지 않지만 소설 『1Q84』를 통해 인기를 얻었다. 장편소설『1Q84』는 신포니에타가 흘러나오는 배경 속에 주인공 아오마메가 기묘한 사건에 휘말리는 '환타지'가 녹아 있는 무라카미 하루키의 소설이다.

2006년 일본 도쿄 공항에 도착했다. 마중 나온 동기생의 자동차는 우리나라와 달리 오른쪽에 운전석이 있었다. 일본을 다르게 표현하기 위한 그들의 노력이 또다시 '다름'의 형상 속에 있었다. 내가 자라고 살아온 곳과 몇 시간 차이 나는 일본이라는 공간 속에서는 '다름'이 즐비하게 늘어서 있었다. 운전석에 앉아서 달리는 자동차의 느낌은 위태롭기만 하다. 편향한 나의 운동신경은 아직도 수영장에서 자유형을 할 때는 오른쪽으로만 호흡을 뱉고 마신다. 400미터 트랙을 달릴 때도 시계 반대 방향으로만 달리는 조작된 본능을 가진 나. 일본 고베 전통시장의 잘 정렬된 가게와 가게들의 경계 블록, 떡판, 그리고 전통음식들. 군살 없이 군말 없이 제조되는 왜색 듬뿍한 음식들의 묵묵한 행진. 일본에서는 그 지나침이 이방인들에게는 '다름'일 뿐이다.

이라크 아르빌에서 자이툰 직업학교 과정을 마친 현지인들은 형형색색의 전통복장을 하고 행사 시작을 기다린다. 머리 다듬새 하며 기름기 가득한 무스로 멋을 부린 젊은이와 마을 주민들, 지역 기관장들이 참석한 가운데 수료식이 진행된다. 행사는 한국인에 의해 한국식으로 진행되지만, 그 틀 속에 앉아 있는 사람들은 모두 쿠르드 인이다. 어째 애써 한국식에 끼워 맞추려니 어색한 면도 있다. 절도와 패기, 엄숙한 분위기를 기대하지만, 상장 받을 사람들의 표정과 태도가 각양각색이다. 어떤 이는 자못 엄숙하고, 어떤 이는 너무 즐거운 모양이다. 사회자가 마이크를 들고 그들의 공적을 기린다. 이어서 임석 상관은 상장을 전달하며 수상자와 일일이 악수를 한다. 수상자 가족, 친지들은 연신 이러한 장면들을 카메라에 담는다. 특이하게도 수상자들은 상장을 받을 때 한 손으로 쓰윽 받아서는 옆구리에 차거나 흔드는데, 그 모양새가 우리 한국군들에게는 어색하다. 한국식 틀에 익숙한 우리 시각으로 여기서도 작은 '다름'이 확인되었다. 행사가 끝나고 수상자들은 손을 흔들며 사라졌다. 그들도 한국군의 행사 문화에 맞추려 무척 애를 썼다.

미군들은 표창장을 수여할 때 수상자들이 관중을 바라보고 서 있고 임석 상관이 관중들 앞에 서서 표창장을 전달한다. 이어서 한 명씩 상장을 주고 일일이 사진을 찍는다. 그야말로 수상자들이 주인공이다. 관중들은 수상자들의 기뻐하는 표정을 바라보며 함께 축하해 주고 박수를 보낸다. 반대로 한국군의 전통적인 수상식 장면은 임석 상관의 근엄한 표정을 관중들이 놓치지 않도록 배려(?)해 준다. 관중들은 수상자들의 뒷모습을 보면서 그들의 뒤에 앉아 수상자들의 제복 뒤태와 다림질 상태, 오다리를 유심히 관찰한다. 관중의 박수는 수상자들에게 보내는 것이 아니라 의식 절차상의 과정이다. 관중들은 임석 상관의 권위를 지켜보며 다음 절차를 기다린다. 사진촬영 순서가 왔다. 임석 상관을 중심으로 좌우에 좌석이 마련되고, 이러한 분위기에 익숙한 사진사가 임석 상관의 표정에 초점을 맞추어 찰칵!

차이? 어느 것이 좋고, 편리하고, 합리적이라고 말하기 어렵다. 습관이 문화로 바뀐 것일까? 상장을 준다. 공손하게 받는다. 우리의 전통방식에 따라 양손으로 가지런히 받아 왼손으로 파지하고 오른손으로 상대방의 손을 가볍게 잡고 악수를 한다. 이런 행사에 익숙해 있던 차에 어느 날 한 손으로 상장을 받고 덜렁덜렁 다니는 모습을 보면서 불편하다기보다 색다르다. 혼자서 두 팔로 팔짱을 껴 보면 어떤 사람은 왼팔이 위로 올라간 경우가 있고 어떤 사람은 오른팔이 올라간 경우가 있다. 양 손가락을 서로 끼어도 사람마다 왼손, 오른손 올라가는 손가락이 다르다. 이것도 아마 습관이 만들어낸 신체의 양태가 아닐까? 습관과 다르게 팔짱을 껴보거나 손가락을 끼면 어색하고 몸에 맞지 않는 것을 느낀다. 습관이 어떤 나라의 문화로 정착된 경우도 있고 집단 심리로 발전된 경우도 있다. 이러한 '다름'을 인정하고 좋은 것, 편리한 것, 합리적인 것을 적극 우리 것으로 만들어 우리의 좋은 습관, 문화로 정착시키는 것이야말로 타산지석의 지혜다.

▲ 전통복장으로 곱게 차려입고 자이툰 직업훈련소 수료식을 기다리고 있는 현지인

31

군모(軍帽)에 관한 단상

　군인들이 평상시 쓰고 다니는 전투모, 훈련 때 쓰는 방탄모, 사무실 근무자들이 주로 쓰는 근무모, 정글도 없는 곳에서 무미건조하게 쓰는 정글모라는 특이한 녀석, 정작 침투할 때는 쓰지도 못할 침투모, 운동모로 위장한 알록달록 나이키, 나이카, 나이코까지, 이렇게 군모의 세계는 다양하다. 이것뿐이랴! 붉은 고추장을 잔뜩 버무려 무쳐 놓고 곳곳에 노오란 개나리 금실을 박은 세계 최고의 붉은 명찰, 붉은 트레이닝복과 함께 쓰는 해병대 체육모. 이런 정체불명의 여러 가지 모자들이 내 옷장 안에서 우글거린다. 이라크에서 한국군들은 전투모를 쓰거나 정글모를 닮은 차양이 넓은 모자를 쓰고 영내 활동을 했다. 그리고 울타리 밖으로 작전활동을 나갈 때는 어김없이 무거운 방탄모를 착용했다. 전투모나 정글모, 방탄모의 역할과 그들의 생로병사(?)는 각양각색이다.

　먼저 전투모의 경우 한국군은 가지런히 벗어 뚜껑이 하늘을 향하도록 하고, 혹시 누가 땟자국이라도 볼까봐 모자 안쪽의 가쁜 공기, 찌들어진 공기를 땅바닥으로 조용히 뱉어내도록 하며 가지런히 놓는다. 어느 날 미군 한 녀석이 모자를 그냥 던지듯이 뚜껑을 책상 면에 붙이고 안쪽 땟자국이 보이도록 헷가닥 하늘을 향해 가랑이를 좌악 벌린 듯 눕힌다. 그렇게 미군 모자는 책상 위에 팽개쳐져 쓰러진다. 아무 생각 없이 책상 위에 죽어 엎어져 있는 모자의 모습이 뭐 그렇게 중요할까마는, 모자 하나를 놓는 방법부터 철저하게 교육받은 나와 그냥 자연스럽게 생활에 편리하도록 몸에 배인 미군과는 차이가 있다. 하루 종일 땀 냄새와 전장에서의 온갖 잡무로 인한 스트레스가 대뇌를 빠져나와 유령처럼 떠다니는 군모(軍帽) 안쪽! 음흉스런 공간인 만큼 한 번씩 신선한 공기를 마시는 것이 전투모의 건강에 좋지 않을까 싶다. 그렇지만 전투모의 속살이 하늘을 향할 때 그 전투모의 주인을 이국적이라기보다 건방지게 보는 것 역시 한국군의 문화다. 모자를 쓰는 자들의 생활이 지배해온 양식이다.

방탄모! 특히 흙바닥에 수박 덩어리처럼 깔려 있는 교육 훈련장 모습을 언론이나 방송을 통해 쉽게 볼 수 있다. 이 역시 미군 방탄모는 내부의 찌들어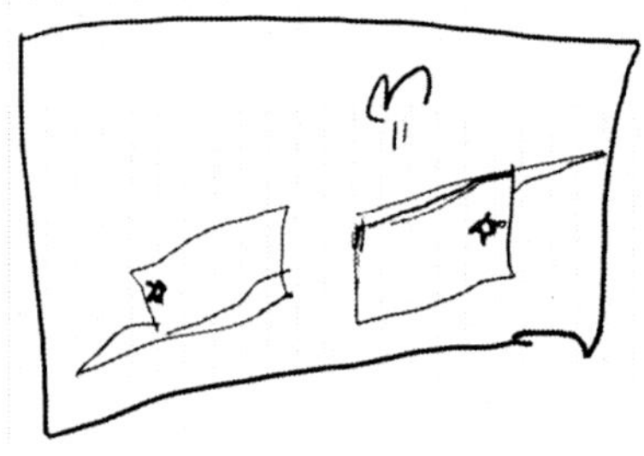진 공기, 힘들었던 하중을 하늘을 향해 힘차게 내뿜도록 거꾸로 누워 있다. 쉬는 시간 마음껏 양기를 충만하고 다시 주인의 대가리에 달라붙었을 때, 그 방탄모는 적의 총탄과 힘차게 박치기를 하며 독기를 품고 주인을 보호한다.

오래 전 낙하산을 어깨에 짊어진 채 수송기에 목숨을 싣고 한강 미사리 상공에서 힘차게 뛰어내린 적이 있다. 그런데 튼튼하게 조여지지 않았던 방탄모가 낙하산을 타고 내리는 나보다 훨씬 빠르게 떨어져, 거리 나누기 시간의 속력으로 땅을 향해 돌진하여 모래톱에 땅콩과 함께 처박혔다. 이때도 방탄모는 배운 그대로 둥근면이 하늘을 향한 상태에서 주인을 기다리고 있었다. 사소한 차이지만 문화적인 관점보다 이것도 습관이 규범을 만들어낸 경우로 봐야 하겠다,

한국군의 전투모 내피에 귀덮개를 만들게 된 것은 내가 알고 있기로는 이렇다. 한미군 주요 군사 지휘관들이 함께 전방 고지에 갔을 때 날씨가 추웠다. 그러자 미군 장군들은 모두 전투모 귀덮개를 내려 추위를 막았는데, 그때까지만 해도 한국군 전투모는 내부에 귀덮개가 없어 삭풍을 맨 귀로 막아낼 수밖에 없었다고 한다. 이를 계기로 한국군도 전투모 내피에 귀덮개를 부착했다는 오래된 이야기. 그러나 이 좋은 방풍, 방한 귀덮개를 실제 착용하는 한국군은 거의 없다. 귀덮개를 착용하지 않는 이유는 귀덮개를 착용하는 것을 나약하거나 건방진 것으로 인식하는 한국군의 오랜 정서 때문이다. 육군사관학교에 지금은 사라졌지만 3대 무용지물이 있었는데, 그 첫 번째가 화랑연병장 외곽에 세워둔 시계탑이다. 4면체 탑에 4개의 시계가 부착되어 세워져 있었지만, 4개의 시계 모두 시간이 제각각 달랐다. 두 번째 무용지물은 생도들의 '거시기'다. 여생도가 입교하지 않았던 때의 이야기이지만, 철저한 금욕주의로 생활하

는 생도들에게 '거시기'는 수분 제거용일 뿐! 세 번째는 바지 주머니다. 아무리 추워도 손을 넣을 수 없다. 동상이 걸려도 손을 넣어서는 안 된다. 간 큰 저학년 생도가 호주머니에 손을 넣고 있다가 상급 생도에게 혼이 난 일이 간혹 있다. 왜 호주머니를 만들었을까? 얼굴에 코가 있듯 바지에 주머니가 있다. 단지 처음부터 바지에 쓰지도 못할 주머니가 있었을 뿐이다. 가해자는 바지 주머니고 피해자는 생도다. 주머니에 손을 넣는 것은 정상적이지 않은 것처럼 간주되던 시절이 있었다. 마찬가지 한국군의 야심작! 새로운 전투모에는 귀덮개가 부착되어 출시되었지만, 아무리 추워도 한국군은 귀덮개를 착용하지 않는다.

이슬람 신자들이 사용하는 머리에 두르거나 쓰는 것들은 대체로 챙이 없다고 한다. 매일 하루 세 번씩 기도하는 이슬람 신자들이 땅바닥을 향해 머리를 숙일 때 불편함을 없애기 위한 것이라고 한다. 일반적으로 그들의 모자는 챙이 없으며 작고 원형 모양이다. 여기에 천을 둘둘 말아 머리를 감싸고 늘어뜨린 것이 터번이며, 목까지 길게 늘어뜨린 것을 캐피아라고 한다. 아라파트 PLO 의장이나 빈 라덴이 머리에서 목까지 감고 있는 것이 바로 캐피아라는 것이다. 이런 터번이나 캐피아는 중동 지역의 건조한 기후에서 머리 부분의 수분 증발을 막아 주는 역할을 한다. 여자들이 사용하는 것으로는 히잡, 차도르, 부르카가 있다. 일반적으로 머리에 두르며 쓰고 벗기가 비교적 간단한 히잡, 머리에서 가슴까지 늘어뜨려 쓰고 입는 차도르, 얼굴 부분을 망사로 가리거나 눈 부분만 볼 수 있도록 하고 전신을 덮어 누가 누군지 구분도 잘 할 수 없게 하는 부르

카. 아프가니스탄 여성들이나 이라크 북부, 이란 여성들이 검은 천
으로 전신을 완전히 가리고, 심지어 얼굴까지 망사로 뒤덮거나 얼
굴이 보일 듯 말 듯 하게 만들어진 복장이 바로 부르카다. 벨기에
는 이러한 부르카의 착용 금지안을 의회에 제출했고, 최근 프랑스에
서도 공공교육 장소에서 여성의 히잡 착용을 금지시켰다. 왠지 종
교적 상징물에 감정이 실려 있다는 느낌을 받는 것은 이슬람 문화
와 정이 들어서일까?

▲ 터번을 머리에 두른 현지인들

32

경례의 세계화

겨울 내내 털실로 엮어 짠 어머니의 정성이 가득한 빵모자를 깊게 눌러쓰고 서울 행 고속버스를 탔다. 닥칠 미래의 신비감보다 불안, 고통의 예감을 안고 바닷가 촌놈은 고등학교를 졸업하자마자 상경했다. 서울의 추위는 예사롭지 않았다. 경춘선이 지나가며 울리는 기적소리, 태릉 인근 빵공장의 빵 냄새. 새로운 곳에서 젊은 청춘은 손마디가 굳도록 '경례'를 만나 병역의 의무를 시작한다. 민기(民氣) 가득한 녀석을 군인으로 만들기 위해서는 과도할 만큼 반대로 잡아당겨야 그나마 제대로 자세가 잡힌다나! 손바닥이 보이지 않도록 하고 오른손 검지와 중지가 눈썹 끝에 붙을락 말락 하면서 손가락을 날카롭게 세우고 우렁찬 소리는 기본. 그렇게 해서 멋진 경례의 모습은 한 인간을 새로운 세계에 다시 태어나도록 했다. 시간이 흘러 언젠가 제복을 입은 상급 여자 생도가 후배 남자 생도의 경례를 멋지게 받아 주는 모습을 보고 이게 남자의 독과점이 아나라는 것을 알았다. 그동안의 고정관념을 바꿔 주었다. 여자도 경례를 멋있게 할 수 있구나! 비록 영화 '사관과 신사'에서 연출된 데브라 윙거의 예쁜 경례와는 사뭇 다르지만 그 경례의 주체가 단련되고 무장되어 있을 때, 그리고 그 강인함이 육체와 정신에 각인되어 있을 때 경례는 훌륭하게 군인의 내면에 천착할 수 있다. 많은 군인들은 이러한 고통의 시간을 견디어 어렵게 경례를 생활의 하나로 만들었다.

1995년. 모로코 서부 사하라 라윤에 위치한 PKO MINURSO 사령부에서 메달 수여식이 진행되었다. 행사를 주관하는 벨기에 장군, 진행을 맡은 가나(the Republic of Ghana)의 상사, 그리고 수상자들은 온두라스, 중국, 폴란드, 튀니지, 러시아, 프랑스를 포함한 세계 각지에서 온 군인들이다. 이 날 행사는 아프리카 북부 서부 사하라 평화유지군 참모들 가운데 일정 기간 임무를 완수한 인원들에게 UN의 이름으로 메달을 수여하는 것이다.

UN PKO : 세계 각지에서 분쟁이 발생하면 UN은 안보리 결의를 통해 분쟁 당사국의 동의하에 양측을 감시할 수 있는 감시단을 파견하여 정전과 치안 업무를 담당토록 한다. 평화유지군 PKF(Peace Keeping Forces)는 일정 규모의 무기와 장비를 가지고 분 쟁지역 정찰 및 군사적 통제 임무까지 수행한다. 각 지역별 PKO 사령부는 UN 안보리 사무총장의 특사 자격으로 대표가 있고, 그 예하에 분쟁의 조정과 행정, 지원 업무를 담당하는 민간 분야와 군사 업무를 담당하는 PKF로 구성되어 있다.

벨기에 출신 장군인 PKO의 PKF 사령관은 언제나 습관처럼 상하급자 구분 없이 상대보다 먼저 경례를 한다. 비정상이 바라본 정상적인 행동이 그 나라 특유의 군대 문화를 통해 다양성으로 표출된다. 혼돈으로 느껴지지 않는 다양한 개성들이 연출되는 가운데 제각기 자기 나라의 질서와 특징을 가지고 행사는 진행된다. 프랑스는 손바닥을 모두 보이게 하는 경례가 특징이다. 내 손에 무기가 없다는 뜻으로 손바닥을 쫙 펴고 경례를 한다. 악수가 상대방에게 불편한 감정이 없다는 뜻으로 해석되듯이, 프랑스 군인들의 경례는 이렇게 손바닥을 보임으로써 상대방에게 거짓이 없음을 상징한다고 한다. 폴란드 장교는 손가락으로 승리의 브이(V) 자를 표시하며 경례를 한다. 상급자에게 반드시 승리하겠다는 의지를 경례에 담았다. 그리고 하급자에게 승리의 브이(V)를 다짐시킨다. 러시아는 지극히 평범하게 경례를 한다. 마치 북극곰처럼 큰 덩치에 팔의 각도를 넓게 펴고 특징 없이 올렸다가 내린다. 중국은 미국과 비슷한 모양새다. 같은 경례 속에서 다른 문화를 볼 수 있는 곳이 서부 사하라 PKO였다.

이라크 키르쿠크는 아군과 적군, 적군 내 적군과 적군이 기름을 쟁탈하기 위해 다툼이 끊이지 않는 곳이다. 그래서 쿠르드 지역 민병대인 페쉬메르가는 전사들을 가혹하게 훈련시켜 키르쿠크 전장에 투입시킨다. 산밖에 친구가 없었던 쿠르드족 친구들은 나에게 이들 전사의 마지막 수료식과 사열의 기회를 주었는데 정성껏 준비된 수료식 마지막 프랑스풍의 경례에 답례를 하며 유심히 관찰해 보니 이들 전사들에게는 통일된 형태의 경례 폼(!)이 없었다. 그냥 손을 머리쯤에 대충 올리는 것. 그것이 쿠르드 전사들의 경례였다.

　그 상징이 무엇이든 경례가 갖는 의미와 표현은 나라마다 다르다. 우리 주변의 문화로 인해 같아야 한다는 강박관념이 수십 년간 인 (燐)으로 박혀 있지는 않았는지? 행동과 말씨 하나하나 곳곳에 동 질감을 가지기 위한 인들이 정신 깊숙이 박혀, 훨훨 털고 싶어도 그 행동과 말에 취해 있지는 않는지? 그것은 습관이 만들어낸 문화의 탓이라고 확신한다.

▲ 서부 사하라 UN PKF 근무휘장 수여식 장면

33

밖에서 본 코리아

2005년. 중간 기착지인 UAE 두바이 공항에 도착했다. 본격적인 임무가 시작되기 전 2주일 동안 이라크 현지에서 앞으로 해야 할 일과 현지 정세를 확인하기 위해 서울을 출발해서, 10시간 이상 지루한 비행을 마치고 중동 지역 첫 기착지인 두바이에 도착한 것이다. 한국에서 쿠웨이트, 이라크로 가는 직항로가 없기 때문에 두바이에서 쿠웨이트로, 다시 공군 다이만 부대 수송기로 이라크 아르빌까지 이동해야 했다. 두바이 공항 에스컬레이터를 내려오면서 공항 청사 좌우 벽면에 그려진 휘황찬란한 광고를 유심히 보았다. 일본의 각종 전자제품, 담배 회사, 미국·영국의 대기업 광고가 늘씬한 모델들의 희미한 미소와 함께 세계인들의 주목을 받고 있었다. 모든 광고가 사람의 머리에 잔상을 남길 수 있도록 기교를 발휘하여 그림과 글을 멋있게 삽입했다. 이곳에 붙인 광고들은 모두 세계인의 주목을 받기 위해 엄청난 돈을 투자했다는 것을 느낄 수 있는 인상적인 광고들이었다. 그 틈새에 한국의 광고를 찾아보니 한국 담배인삼공사의 '에쎄'와 삼성전자의 '애니콜'이 눈에 들어왔다. 나의 시각이 추적하지 못한 한국의 광고도 있었겠지만, 이 두 회사의 광고만 내 눈에 띄었다.

I.

왜 한국의 유명 담배가 여기 중동까지 광고하고 있을까? 나중에 안 사실이지만 담배의 중독성은 담배를 입으로 물었을 때 그 크기를 통한 묵직함, 간결함, 가벼움, 이어서 흡입을 통해 혓바닥, 목젖, 구강의 공간을 달구는 쾌감의 순도, 폐부 깊숙이 박히는 인의 자극, 폐부에서 부딪히는 담배 연기의 부서지는 느낌, 흉강의 벽을 때리는 담배 연기의 충돌감, 이어지는 쾌락의 뇌감과 그 지속성, 뇌파의 강도, 그리고 이완되는 긴장감과 속도 등에서 온다고 한다. 이런 연쇄적인 과정이 담배마다 모두 다르겠지만, 담배의 즐거움과 괴로움은 이런 것들이 아닐까? 그리하여 어떤 인간이 어떤 담배를 선택하게 되면 그 담배의 정신(?)이 몸에 박혀 쉽게 다른 종류의 담배를 선택하기 어려운 모양이다. 그래서 특정 담배가 한 인간을 장악하게 되면 소문에 소문을 타 그 일대를 장악하고, 이러한 과정을 거쳐 담배는 연쇄 살인범이 되는 것이다.

나는 담배에 무지하여 다른 사람의 담배연기를 통해 담배의 경제학을 배웠다. '에쎄' 한 보루(일본어 boru, 10갑)가 얼마인지 몰랐는데, 이라크 아르빌에서 '에쎄' 한 보루에 몇 천 원 정도로 엄청나게 저렴하다는 소문이 돌았다. 귀국할 때 골초들은 한국에서 피울 담배를 구입해 가면 경제적으로 많은 도움이 된다는 것이다. 가짜가 아닌가 싶어 한국 휴가를 가는 사람 편으로 확인해보니 가짜가 아니었다. 한국에서 한 보루에 2~3만 원 정도인 데 비해 몇 천 원 정도면 엄청나게 저렴한 가격이다. '에쎄' 담배는 그렇게 이라크 북쪽에 뿌려져 있었다. 흘러 다니는 담배의 정체는 보이지 않는 상업 마케팅일 수도 있다.

1단계 : 중동에 한국 담배를 뿌린다. **2단계** : 저렴하게 한국 담배를 피우도록 한다. **3단계** : 한국 담배의 인이 중동 사람들을 중독시킨다. 혀끝을 지나 목젖을 적시며 그들을 한국 담배의 울타리로 감싼다. **4단계** : 한국 담배를 안 피울 수 없게 중독된다.

그러나 내가 이라크에 머무는 동안 한국 담배는 한국 사람들의 기호품일 뿐, 이라크 관료들 대부분은 말보르, 던힐 같은 종류의 외국 담배를 입에 물고 있었다. 근본적으로 담배를 안 피우는 분위기였지만, 늦었더라도 또 열심히 판촉을 하다 보면 중동의 기호를 바꿔 놓을 날도 올 수 있을 것이다.

II.

삼성전자 '애니콜'의 인기도 대단했다. 삼성의 국제적인 명성은 국내보다 외국에 나가 보면 확실히 느낄 수 있다. 삼성 제품이 made in Korea라는 사실을 중동의 한쪽 구석에 살고 있는 사람들은 잘 모를 수 있다. 애니콜은 오히려 made in Samsung이라고 느끼는 것 같다. 대단한 브랜드다. 이런 대단함은 이라크 북부 산악지역, 오지를 달릴 때도 느낄 수 있다. 오래되어 녹슨 가로변의 애니콜 광고, 때로는 테러 세력이 매설한 폭탄의 위협이 깔려 있는 도로변에도 철 지난 애니콜 모델이 낡은 간판에 그려져 있다. 애니콜 선전은 이라크 구석구석에 있어 지역 주민들에게 친숙한 광고이며 이들이 갖고 싶어 하는 물건 중 하나다. 우리가 세계화를 외치고 있을 때 애니콜은 지구촌 한쪽에서 묵묵히 자신의 세계화를 위한 길을 걷고 있었다.

Ⅲ.

코리아 브랜드라고 하기에는 조금 뭣하지만 이름값을 하는 차들도 있다. 테러리스트들이 자살폭탄 차량으로 사용하는 차종은 다양하다. 확실한 것은 소모품이기 때문에 절대 비싼 차량을 사용하지 않는다는 것이다. 한국의 중고차가 중동 지역에 많이 팔렸는데, 그 중 자살폭탄 차량에 이용되기도 했다. 내가 근무하는 동안 한국의 중고차를 이용한 자살폭탄 사건도 있었다. 한국의 중고차는 이렇게 테러 세력에게 이용되기도 하지만, 현지인들이 구입하여 타고 다니는 경우도 많다. 중무장한 우리 일행이 들어 보지도 못한 마을을 지나 지도의 작은 길을 달리고 있을 무렵 시야에 들어온 트럭 한 대가 있었다. 트럭 뒤쪽에 '화천탁주양조장'이라는 글씨가 삐삐 번호와 함께 적혀 있었다. 화천에서 술을 싣고 다니던

작은 트럭이 이곳 이라크 북쪽에서 아무도 모르는 코리아를 알리고 있었던 것이다. 녀석은 한때 술을 싣고 화천 일대를 주름잡았겠

지만, 지금은 이라크 산악의 한쪽 구석에 '콱' 처박혀 술도 끊고 아랍풍의 물건들을 싣고 다니며 모진 생명을 연장하고 있다. 비록 녀석은 폭탄을 나르는 한국 중고차량만큼 강하지는 못하지만, '화천 탁주양조장' 그것만으로도 반가운 대한민국이었다.

1994년. 서부 사하라 MINURSO PKF 참모장은 말레이시아 대령이다. 점심식사를 마치고 로비에서 만나 한국군 군의관들과 함께 얼마 전의 치과진료 결과라든지 음식에 당분이 많으니 적으니 하면서 이러쿵저러쿵 시시콜콜한 이야기로 숙덕거리고 있을 때 CNN 속보가 떴다. 'Korea Sungsu Bridge Collaps(성수대교 붕괴)'라는 자막이 화면 아래에 뜨고 앵커가 신나게 떠들어 댄다. 세계의 뉴스거리를 다루는 CNN이 속보로 처리하는 것은 그만치 사안이 세계적 관심사라는 것이다. 세계적인 뉴스를 다루는 채널이어서 그런지 앵커는 그렇게 흥분된 목소리가 아니라 직업적, 상업적 태도와 멘트로 사실만을 조붓하게 알린다. 열사의 사하라 사막 한구석에서 한국의 성수대교가 무너졌다는 속보를 보고 함께 있던 한국군들은 당장 내가 뭘 하나 싶기도 했다. CNN 속보는 화면 가득 중간이 뚝 끊긴 콘크리트 다리를 클로즈업했다. EURO 뉴스도 뚝 끊긴 다리 밑으로 추락한 버스를 클로즈업하고 있었다. 해외에서 본 한국의 소식은 반가움, 자랑스러움보다는 안타까움이었다. 속보를 함께 보던 말레이시아 출신 참모장이 한국군 장교들에게 한 마디 건넨다. "한국의 유명한 기업이자 세계적인 기업 H사가 말레이시아 섬

들을 잇는 다리를 건설하고 있는데, 세계적 기업이지만 한국의 성
수대교가 무너지는 것을 보면 걱정이 된다."라는 것이다. '한국은 자
기네 나라 다리도 무너질 정도로 건설 분야가 낙후되어 있다.'라는
말을 다르게 표현했을 뿐이다. 성수대교 붕괴가 그에게 한국의 나
쁜 이미지를 각인시켰다. 이뿐 아니라 한국을 알고 있는 많은 세계
인, 한국 기업이 다리를 건설하는 곳곳에서 성수대교의 붕괴는 한
국의 이미지를 실추시키는 계기가 되었을 것이다. 국가 이미지라
는 것은 이런 사건 사고 하나로 간단하게 떨어지고, 이런 것들이 경
제에 직간접 영향을 미치는 것이다. 우리가 한국을 출발한 1994년,
'한국 방문의 해'라며 홍보 포스트, 팸플릿도 주면서 군사 외교관이
라는 말도 했었다. 이는 군사 외교관으로서 한국을 자랑하고, 외국
군인들이 한국인, 한국적인 것에 매료될 수 있도록 하는 것도 파병
지역에서 우리가 해야 할 일들 중 하나라는 의미였다. 그러나 성수
대교 붕괴라는 사건 하나에 많은 노력들이 반감되었다.

V.

　1994년 당시 '한국 방문의 해'를 잘 알고 있었던 사람들은 한국에
있는 사람들이었다. 모로코에서 본 외국 방송에서는 '한국 방문의
해'라는 광고, 홍보는 눈을 씻고도 볼 수 없었다. 일본, 상하이, 인도
네시아, 태국, 홍콩을 비롯한 동남아의 관광지에 한 번 와주십사 하
는 멘트들만 CNN의 광고시간에 등장했을 뿐, 정작 한국의 비경(秘
境)과 한 번 방문해 달라는 광고는 본 적이 없었다. 수년 전 또 '한
국 방문의 해'라는 타이틀이 적힌 깃발이 경복궁 주변에 나부낀 적

이 있었다. 진정한 '한국 방문의 해'는 우리보다 외국인들이 많이 접하고 느끼고 감탄하여 한 번 방문하도록 해야 하는 것인데, 1994년 당시에는 국내에만 머물렀다. 2010년 우연히 채널을 돌리다 CNN 방송에 코리아가 광고로 등장한 것을 보았다. 다다미(Dadami)를 화려한 영상으로 소개하며 'Korea : A good neighbor'라는 타이틀이 보였다. 우리끼리 알았던 '한국 방문의 해'에 대한 해묵은 우려가 사라진 순간이었다.

2005년 이라크 아르빌 지역에서 미군, 영국군 등 외국군을 만나면 항상 내가 떠드는 몇 가지 멘트가 있다. 그 중의 하나는 "세계적으로 유명한 한국의 줄기세포 배양 기술은 한국인들이 어릴 때부터 부모로부터 젓가락 사용 기술을 배워 손재주가 남다르기 때문이다."라고 하는 것이다. 젓가락으로 콩을 집어 다른 접시로 나르거나 섬세하게 생선을 발라내거나 하는 사례를 섞어서 한국인의 우수성을 홍보했다. 그러면서 한국인들은 날아다니는 파리도 젓가락으로 잡는다며 젓가락으로 허공을 집는 시늉도 해 보인다. 그러면 듣고 있던 외국군들은 이야기 소재가 재미있기도 하고, 한국인들의 정교한 손놀림이 줄기세포 배양이라는 기적을 이루어냈구나 하는 신비감도 가지는 것 같았다.

어느 날 자이툰을 방문한 외국군 그룹들과 함께 식사를 하는데, 영국군 중위가 내 옆에 앉았다. 또 그놈의 "Catch the fly(파리를 잡다)."를 읊조리며 젓가락 사용 요령을 거의 원맨쇼 하듯 가르쳐 주었다. 그렇게 그들은 젓가락과 한국인의 정교한 손놀림을 머릿속에 일치시키고 자이툰을 떠났다. 그때까지 한국인의 줄기세포 배양 기술은 대단한 자랑거리였다. 그런데 어느 날 CNN 뉴스에 '한국의 줄기세포 비리'라는 제목의 속보가 떴다. 속보가 이어지면서 한국의 줄기세포 배양기술을 세계적인 사기(詐欺)처럼 보도했다. 한국의 모 방송국에서 시작된 이야기가 드디어 CNN을 탄 것이다. 진위는 나도 모른다. 이때부터 외국군을 만나면 나의 젓가락 타령은 도저히 써먹을 수 없게 되었다. 사실 써먹을 소재도 빈약했는데 젓가락 타령마저 더 이상 써먹지 못하게 되자 나의 콩글리쉬는 그만 막을 내리게 되었다.

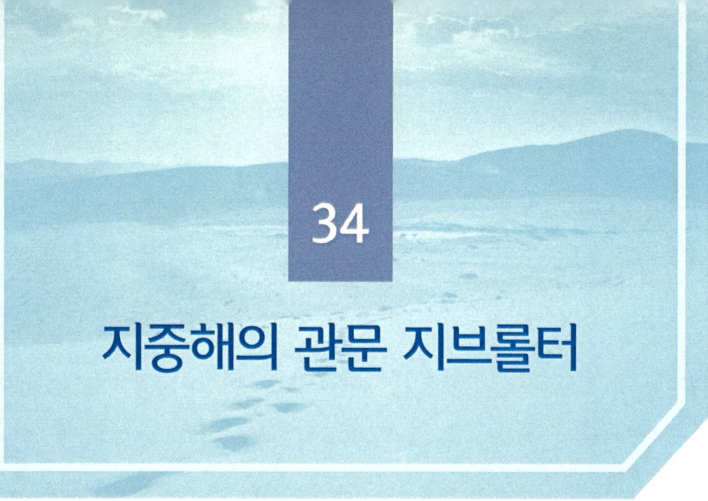

34

지중해의 관문 지브롤터

▲ 유럽과 아프리카, 지중해와 대서양이 만나는 지브롤터 해협

　유럽과 아프리카 대륙이 가장 근접해 있는 곳이 지브롤터 해협이다. 지중해의 농도 짙은 소금물을 대서양으로 배출하는 출구가 바로 지브롤터 해협이다. 1994년 가을 문턱, 프랑스 파리를 출발하여 모로코 카사블랑카로 가는 비행기 안에서 운 좋게 날씨가 유난히 맑아 지브롤터 해협을 카메라로 찍을 수 있었다. 지브롤터는 스페인, 네덜란드가 위치해 있는 이베리아 반도의 최남단 마지막 꼭짓점

에 있는 영국령이다. 본래는 에스파냐, 즉 스페인의 땅으로, 1704년 영국이 네덜란드와 연합하여 스페인과 프랑스 연합군을 격파하고 점령한 도시다. 오랜 기간 스페인 측에서 자기네 땅을 돌려 달라고 했지만, 지브롤터에 살고 있는 주민 90% 이상이 영국령으로 남겠다는 입장이고 영국도 돌려줄 생각이 전혀 없다. 스페인 식구들이 아무리 많아도 그들이 잘사는 영국이 나의 나라라고 하는 이상 스페인의 목소리는 별로 호소력이 없다. 몇 백 년 동안 지브롤터에는 아프리카 북쪽의 민족, 지중해 연안의 민족, 영국 등을 포함해서 많은 인종이 섞여 살고 있다. 기껏해야 인구 3만에 면적 5.8㎢에 불과하지만 국민이 선택하는 국가도 이제는 맞춤식이 되어 버렸다. 스페인이 영국만큼 부강하다면 왜 지브롤터 사람들이 영국령을 고집하겠는가? 또 영국 입장에서는 군사기지를 건설하고 지중해로 통하는 전략적 요충지인데 스페인에게 양도할 이유가 없다.

지브롤터 해협의 남쪽, 즉 아프리카 북쪽은 모로코 지역이다. 그러나 이곳 세우타(Ceuta)와 멜릴라(Melilla)는 공교롭게도 모로코 내 스페인령 도시다. 이들 도시는 스페인 카디스 주(州)의 한 개 도시로서 군사기지가 산재해 있다. 본래는 포르투갈이 지배했다가 16세기 말 포르투갈 왕녀와 에스파냐 펠리페 2세가 결혼하여 양국이 단일국가의 형태를 취할 즈음 에스파냐에게 양도되었고, 이후 에스파냐가 계속 지배했다. 아프리카 북부 모로코 왕조는 변화를 겪으면서 1956년 독립을 하게 되지만, 이곳 두 지역은 스페인으로부터 돌려받지 못했다. 모로코는 계속 반환을 요구하지만 스페인은 "우리 영토 내 땅은 돌려받아야 하지만 영토 밖 우리 땅은 돌려 줄 수 없다."는 입장이다. 스페인은 모로코 내 영토는 돌려주지 않으면서 지브롤터를 자신의 영토라고 주장하기 때문에 돌려받는 데 더욱 어려움이 있다. 최단거리가 14㎞인 좁은 지브롤터 해협을 연하여 스페인, 모로코, 영국이 첨예하게 지금도 '알 박기'를 계속하고 있다. 그리스 로마 신화를 보면, 헤라클레스가 지중해에서 대서양으로 나아가는 길목이 바위로 막혀 있자 맨손으로 바위들을 던져 버리고 길을 내어 해협을 통하도록 했다는 이야기가 나온다. 그때 던진 바위가 '헤라클레스의 기둥'으로서 지금도 지브롤터의 바위산으로 남아 있다.

비행기는 지브롤터 해협을 건너 카사블랑카로 향했다. 그 옛날 카르타고의 명장 한니발도 오늘날 전차를 대신한 코끼리를 범선에 가득 싣고 이 해협을 건넜을 것이다. 에스파냐를 거쳐 피레네, 알프스 산맥을 넘어 로마 주변에서 로마군 8만 명 중 5만 명을 살육한 칸나의 전투. 로마의 턱밑에서 17년을 버틴 명장 한니발은 카르타고 원로원의 시기와 질투, 시샘을 받고 결국 귀국 명령에 따라 로마 점령의 희망을 꺾고 카르타고로 돌아온다. 그의 부친이 로마인들에게 암살당하면서 남긴 유지를 이루지 못하고 돌아온 카르타고는 유명한 아프리카 북부 자마의 전투에서 로마의 스키피오와 세기의 결전을 치른다. 그때 스키피오의 나이는 33세. 지칠 대로 지친 한니발은 전쟁에서 대패하고 다시 지중해 연안을 떠돌며 헤맨다. 로마의 스키피오에게 패한 카르타고가 로마에 한니발을 전범으로 넘겨주겠다고 약속하자 한니발은 독약을 마시고 자결한다. 스키피오에게 초토화된 카르타고, 한니발마저 없는 카르타고는 로마에게 철저히 유린

되어 온 천지가 불타고, 불탄 자리에는 저주의 소금마저 뿌려지는 수모를 겪는다.

한편 로마의 스키피오는 영웅 한니발을 무너뜨린 영웅 중의 영웅이다. 그는 일찍이 한니발이 걸어온 반대의 길로 걸어가 반드시 한니발을 무너뜨리겠다고 공언했던 군사 천재였다. 스키피오는 자마의 전투에서 한니발을 꺾고 로마의 정체성을 다시 세워 복잡했던 당시의 국제질서를 재편하는 계기를 만들었다. 그러나 전쟁 영웅 스키피오는 로마 원로원의 끊임없는 질투와 시기, 음모로 인해 결국 로마의 중심에서 쫓겨나 쓸쓸한 말년을 보내다가 숨을 거둔다.

전쟁 역사가인 리델 하트는 이러한 스키피오의 이야기를 『스키피오 아프리카누스』에서 사실적으로 적었다. 이 책은 BC 1~2세기의 지중해 역사를 스키피오의 군사적 기질과 천재성에 주목하여 조망했다. 여기서도 영웅은 책 속에서만 살아 있다.

35

파발마 따라 하기

　자이툰 사단은 2004년 2월 23일 창설되어 파병 전까지 많은 우여 곡절을 겪었다. 실제 서울을 출발하여 쿠웨이트에서 잠시 머물다가 이라크 아르빌에 도착하여 임무를 수행한 것은 2004년 9월 22일부 터다. 창설 이후 약 7개월 동안 파병에 대한 한국의 정치 상황이 계 속 흔들렸고 월남전 이후 최대 규모의 파병이라는 무거운 과제를 극복해야 하는 어려움에도 불구하고 자이투니아들의 피와 땀과 눈 물이 섞인 각고의 노력 덕분에 그 해 9월 22일 아르빌에서 임무를 개시하게 된 것이다. 이들이 쿠웨이트에서 이라크 아르빌까지 테러 세력의 위험을 극복하고 인원, 장비를 이상 없이 수송한 작전, 즉 군 사용어로 RSO를 수행한 작전 명칭을 '파발마'라고 한다. 자이툰 용 사들은 서울공항에서 우리 국적 민항기를 타고 쿠웨이트 내 미군 기지인 캠프 버지니아에 도착했다. 그들이 사용할 장비와 물자는 부산에서 화물선에 선적한 지 2개월 뒤에 쿠웨이트 슈아이바 항에 도착했다. 쿠웨이트에서 이라크 아르빌까지 인원, 장비를 이동한 3박 4일간의 대장정은 테러와의 전쟁이 한참 진행 중인 이라크 바그다드를 지나 후세인의 고향 티크리트, 석유 쟁탈전이 벌어지고 있는 키르쿠크를 거쳐 이루어졌다. 이라크 북부 미지의 도시 아르빌에 도착한 이들 자이툰 1진은 이후 2008년 자이툰이 이라크에서 철수할 때까지 4년 3개월 동안 이라크에서 무엇을 어떻게 해야 하는지에 대한 기준을 만들어 주었다.

파발마 작전거리 1115㎞는 자이툰 사단이 주둔한 이라크 아르빌에서 터키의 메르신 항구까지의 거리와 비슷하다. 자이툰 2진에서는 한국군의 RSO 능력을 향상시키기 위해, 향후 자이툰 사단이 철수할 때는 기존의 쿠웨이트~이라크 아르빌 작전로를 이용하지 말고, 지금까지 가보지 않은 이라크 아르빌에서 터키의 메르신 항구로 인원, 장비를 철수할 것을 검토했다. 그러나 2008년 자이툰 사단 철수 시 아르빌에서 터키 메르신 항구로 가지 않고, 2004년 이용했던 기존 쿠웨이트 방향의 파발마 작전로를 그대로 사용했다. 터키 메르신 항구를 이용한 RSO는 이라크와 개운치 않은 관계를 가진 터키와의 협조를 비롯해 군사 외교적으로 복잡하고 극복해야 할 많은 어려움이 있어서 쉽지 않을 것이라고 예상은 했지만, 외국에서 우리 군의 새로운 RSO 경험을 축적할 수 있는 좋은 기회를 놓쳐 아쉽다.

자이툰 1진이 수행한 '파발마 작전'의 의미를 되새겨 2진 일부 인원들은 파병 이후 오후 3시부터 매일 약 8㎞ 정도 도보로 외곽지역을 걸었다. 이렇게 매일 걸은 거리를 누적하여 1115㎞가 되는 날 각자 이라크에서의 의미 있는 각오를 다지거나 나름대로 그 보람을 일기장에 적기도 했다. 2005년 6월에 이라크 아르빌에 도착하여 약 5개월 정도 지난 11월경에 대부분 1115㎞ 목표를 달성했다. 이 1115㎞ 대장정은 테러 세력은 물론 시간과도 싸워야 하는 파병의 나날을 아름답고 보람되게 버틸 수 있는 좋은 목표였다. 빠르게 걸으면서 머리 위에서 작열하는 뜨거운 태양, 섭씨 50도까지 오르는 열기, 앞에서 다가오는 모래먼지와 싸우며 복잡한 생각을 더욱 복잡하게 만들어 보기도 하고 각오한 자에게 더욱 각오하게 한, 스스로를 시험한 기간이었다. 그러나 힘든 싸움은 철저하게 자신의 몫이라는 것을 그때 왜 몰랐을까? 작은 머릿속에는 뭔가 준비하고 계획하기에만 급급했지 반성하고 낮추고 배려하려는 마음은 많이 부족했다는 생각이 스친다.

1995년 모로코 라윤 시 외곽은 서부 사하라 사막이다. 유목민들이 몰고 다니는 낙타는 UN 마크가 선명한 하얀 차량이나 선글라스를 끼고 있는 UN 표식의 MINURSO 요원을 보면 신기한 듯 힐끗 잠시 살피다가 고개를 낮추고 눈망울을 돌려 주인의 시선에 다시 맞춘다. 녀석은 서걱거리는 주인의 회초리 장단에 맞추어 또 사막을 터벅터벅 걸어간다. 오랜만에 휴일을 맞아 낙타를 따라 지평선까지 걸어 보려고 배낭에 빵도 넣고 물도 넣고 무전기도 넣고 하여 라윤 시 외곽으로 나왔다. 한 시간, 두 시간, 세 시간을 걷고 나니 한때 녹색 견장을 달고 산천을 날아다니며 100km, 천리를 걷던 날렵하고 거침없는 몸이 아니었다. 걷고 걸어도 사막의 마지막은 없었다. 아무리 걸어도 지평선은 또 한 발짝 물러가 있었고, 또 한 시간을 걸어 봤지만 지평선은 사막에서 더 멀리 멀어져 있었다. 외롭게 낙타의 고행을 체감하고 갔던 길을 걸어서 다시 돌아왔다. 지금도 사막 한가운데 남겨져 있을 나의 흔적은 낮에는 작열하는 태양 아래서, 밤에는 아무도 겪어 보지 못한 추위에 덜렁거리고 있을 것이다.

　서부 사하라 상공을 수송기나 헬기로 오가다 보면, 사막 중간 중간에 추락한 비행기의 잔해들이 널브러져 있는 것을 볼 수 있다. 그 비행체가 언제 추락하여 누가 죽고 살았는지 나 같은 사람에게는 낯설고 차갑게만 다가오지만, 사막을 걷는 낙타에게는 그리 낯설지 않을 것이다. 사막 한가운데 1115㎞를 채우려는 낙타 무리와 이놈들을 끌고 다니는 사하라위 민족들의 끝없는 걸음만이 지금도 나를 대신해 사막에서 고행을 즐기고 있다. 🖋

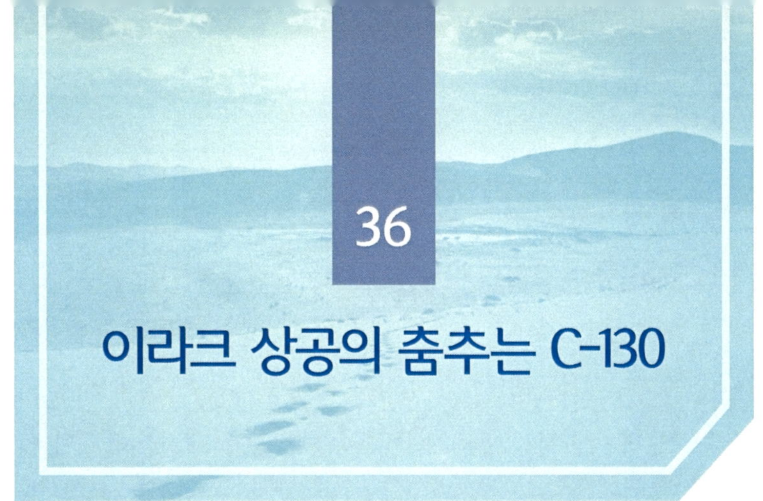

36
이라크 상공의 춤추는 C-130

만남
이별
죽음

존재의 이유라고 할까? 조종사 스스로 고공의 춤사위가 존재의 이유인 것처럼 그것으로 그들의 존재를 증명하려 한다. 지상에서 아주 멀리, 지평선을 더 넘은 끝자락에서 창공을 배경으로 뒤흔들어 대는 수송기를 보면 뭔가 심상치 않은 무거움이 배어 있다. 아르빌 공항에 착륙하기 15분 전부터 남쪽 뜨거운 대기를 벗어나 아르빌의 창공에 들어선 육중한 수송기 C-130은 하늘에서 지상을 살펴보듯 하더니 롤링, 피칭을 하며 하늘 높이 연처럼 동체를 흔든다. 조종술은 날아다니는 조류만의 특허가 아니다. 조종사의 기교는 기체를 타고 창공을 무대로 삼아 한껏 예술로 연출된다. 마치 날렵한 부메랑의 칼날이 수평으로 날다가 다시 직각으로 날아다니듯 기체는 파란 창공에서 존재를 실감시키려 유감없이 이리저리 흔들다가 다시 떨어지다가, 어느새 활주로 저편으로 사라졌다가 오르락내리락하더니 활주로에 서서히 접근한다.

이렇게 어렵사리 착륙하기 위해 무거운 C-130 동체는 그렇게 허공에서 울었나 보다. 굉음과 함께 기체는 섭씨 50도를 치달리는 대기의 건조함을 무시하고 낯설지 않은 아르빌 공항에 차~악 달라붙었다. 아르빌 활주로에 내린 거대한 수송기는 엔진의 굉음 속에 꼬리의 뒷문을 연다. 사람과 화물, 그리고 멀리 한국에서 온 방문객들, 쿠웨이트에 출장을 다녀온 전령들로 공항 활주로가 붐빈다. 검정색 선글라스는 작열하는 태양의 광선 아래 C-130 기체의 힘든 곡예에 지친 몸과 마음을 숨겨 준다. 수송기의 유희와 안무를 함께 즐겼던 방문객들은 또 이륙의 그 날이 있기에 불안이 사라지지 않는다. 아르빌을 넘나드는 C-130 수송기는 약속대로 올 때와 갈 때

두 번 고통을 준다. 그러나 일이 많은 사람, 바쁘게 쿠웨이트를 오가는 사람은 자주 이러한 고통을 아무 의미 없이 받아들여야 한다. 공군 조종사의 기량에 맞춰 롤러코스터 수준의 아찔함을 안겨 주는 안무는 아르빌을 방문하는 사람들에게 최고의 추억이다. 존재의 이유? 신기하게도 미군 비행기는 그냥 사뿐히 내린다. 아르빌 공항의 고물 민항기도 활주로를 사뿐히 가볍게 '즈려밟고' 내린다. C-12를 타고 바그다드 국제공항에 내린 적도 있는데, 그때도 작은 미군 비행기는 사뿐히 활주로에 앉았다. 지천에 깔린 테러 세력의 위협에도 불구하고 바그다드보다 더 평온한 아르빌의 상공에서 우리의 수송기는 춤춘다. 수십 가지 자세로 고통에 취하고, 존재에 취하고, 이리 비틀 저리 비틀 가학적 이데아로 무장한 듯 전위 예술가는 이라크 북쪽 하늘에서 존재를 남긴다. 아무리 되돌아봐도 수송기에서의 울렁거림은 감상이 아니라 고통의 서곡이었다. 🖋

1995년 귀국의 그 날을 기다린 사람은 나뿐만 아니라 나의 가족도 마찬가지였다. 2005년 이라크로 떠나던 날 나는 멋있었지만 나의 가족은 다가올 일년이 깜깜했다. 두 번의 파병 기회 모두 나에게 닥친 것은 군인의 멋이었고, 가족에게 닥친 것은 기다림이었다.

2006년 5월 : 컨테이너를 신나게 때리는 비도 이라크 아르빌에서 마지막이다. 그 공명과 진동을 또다시 한국에서는 느낄 수 없으리라 생각하며 금기시해야 할 감상에 젖는다. 땅을 비집고 올라온 천지의 녹색도 마찬가지로 얼마 남지 않은 기간 비울 것은 비우고, 또 그렇다고 남길 것도 없이 공수래공수거(空手來空手去)한 마음을 정리하라고 재촉한다. 오랜만에 망중한(忙中閑)을 갖는데 한국에 있는 가족과 친구들에 대한 아리는 감상이 귀국을 앞두고 더욱 간절하다. 돌아가게 되면 아들과 함께 할인매장에서 맛있는 삼겹살을 고르고, 집에 와서는 마루에 신문지를 널찍이 깔고 고기를 구워 먹고, 기름이 남아 있는 철판 위에 온갖 잡담을 섞어 비벼먹으면서 쌓였던 이야기, 부자유친(父子有親)함을 느끼리라. 언제 또 주변의 일들을 정리하겠나 싶어 카운트다운 하는 심정으로 싸움꾼의 마무리를 새긴다.

2010년 12월 : 시간을 살펴본다. 지우고 싶었던 어제는 귀신처럼 '떠억' 살아 있고, 오늘이라는 녀석은 바람과 함께 사라져가고, 또 내일은 예상하지 못한 것들로 가득 차 있다. 그것들이 깜짝깜짝 다가올 때 왜 하필 나에게 다가오는지 원망스럽기도 하고, 아~ 저 산을 또 어떻게 넘나 하며 손사래를 치기도 한다. 박범신은 소설 『은교』에서 "별은 아름다운 것이라고 누가 자네에게 가르쳐 주었는지 모르지만, 별은 아름다운 것도 아니고 추한 것도 아니고, 그냥 별일 뿐이

네. 사랑하는 자에게 별은 아름다울지 모르지만, 배고
픈 자에게 별은 쌀로 보일 수도 있지 않겠나."라는 문
장을 썼다. 짧은 시간 보람을 만들어 본 값진 시간이
었다. 笑而不答心自閑.

◀ UN MINURSO PKF 사령관이 수여한 UN 복무 인증서(좌)
이라크 KRG 네체르반 바르자니 총리의 감사 서신(우) ▶

AQAP : Al-Qaeda in the Arabian Peninsula, 예멘과 사우디
에서 활동하는 알 카에다의 분파 조직

AQI : Al-Qaeda in Iraq, 이라크 내 알 카에다 분파 조직

Combien(꼼비앙) : 프랑스어로서 완전한 문장은 "Ça fait
combien?" "얼마입니까?"의 뜻으로 모로
코에서 쉽게 "Combien?" 하며 썼다.

CTF-151 : Combined Task Force 151, 아덴만에 사령부를 두
고 소말리아 해안선을 따라 해적으로부터 국제 선
박을 보호하는 연합 해군조직

CTG : Counter-Terrorism Group, 이라크 대통령실 소속으로
잘랄 탈레바니 대통령의 둘째 아들 '파울'이 운영하는
대테러국

KDP : Kurdistan Democratic Party, 쿠르드 민주당, KRG 대
통령 마수드 바르자니가 이끄는 당으로 쿠르드 자치
지역의 왼쪽 지역인 다훅, 아르빌을 장악하고 있으며,
한때 정적인 PUK와 서로 전쟁을 치르다 지금은 화해
했다.

KRG : Kurdistan Regional Government, 이라크 북부 쿠르
　　　드 자치 정부

MINURSO : Mission des Nations Unies pour le
　　　Référendum au Sahara Occidental (프
　　　랑스어), United Nations Mission for the
　　　Referendum in Western Sahara (영어), UN의
　　　서부 사하라 주민투표를 위한 기구

MNC-I : Multi-National Corps - Iraq, OIF 이후 MNF-I 예하
　　　군사 사령부

MNF-I : Multi-National Force - Iraq, OIF를 지휘한 다국
　　　적 군사 사령부

OIF : Operation Iraqi Freedom, 2003년 3월 20일 시작된 미
　　　국의 이라크 자유를 위한 전쟁, The Iraq War, Second
　　　Gulf War라고도 한다.

PKF : Peace Keeping Force, UN 평화유지군

PKO : Peace Keeping Operations, UN의 평화유지 활동

POLISARIO : 서부 사하라 사막 유목민 사하라위 민족이 모

로코에게 영토를 빼앗기고 인근 알제리로 후퇴
하여 조직한 사하라위 해방을 위한 임시 기구

PUK : Patriotic Union of Kurdistan, 쿠르드 애국동맹, 이라
크 대통령 잘랄 탈레바니가 이끄는 당으로 쿠르드 자
치 지역 가운데 오른쪽 술래이마니아를 장악하고 있
다.

IED : Improvised Explosive Device, 폭탄, 휴대폰, 사람 등
을 이용한 급조 폭발물

RSO : Reception, Staging, Onward Movement, 군수물자
및 장비를 전방으로 이동하거나 수용, 대기시키는 군사
작전

UN : United Nations, 국제연합